醫拯天下

第二輯之4

偷樑換柱

趙奪 著

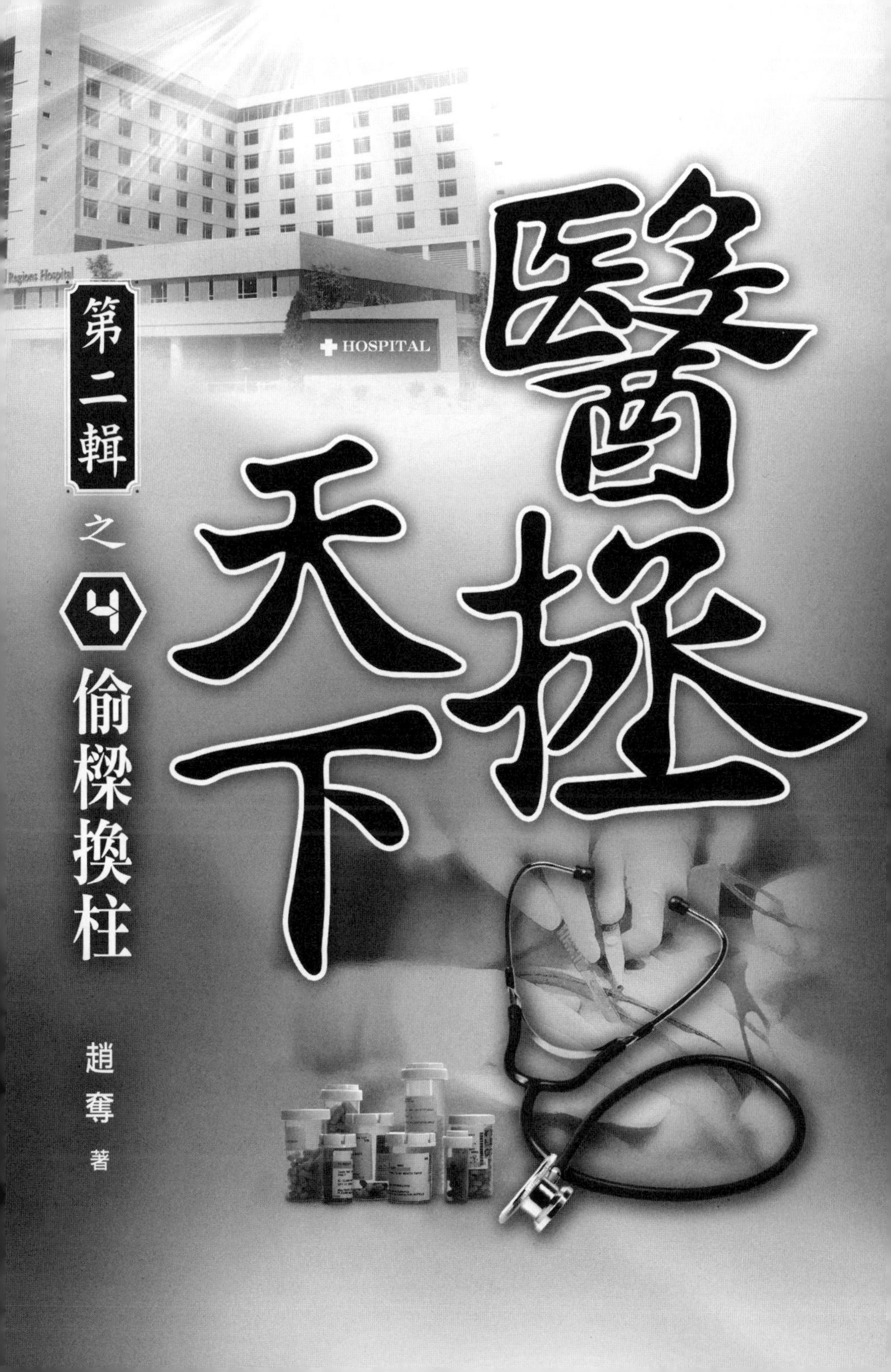

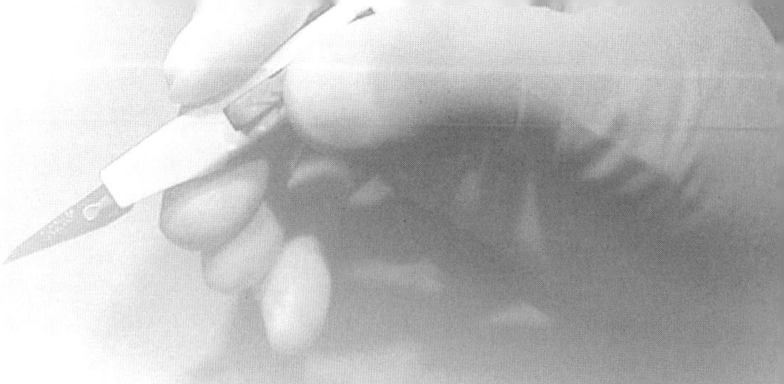

目錄

CONTENTS

第一劑 野戰醫院……5
第二劑 倒下的指揮官……27
第三劑 生命之星的邀約……53
第四劑 離開災區的痛心決定……77
第五劑 最後一刻的贏家……103
第六劑 陷阱合同……127
第七劑 餘震過後……153
第八劑 黑嘴……177
第九劑 男護士……201
第十劑 年輕的手術團隊……223

第一劑

野戰醫院

李傑三人悄悄走了過去，野戰醫院已經搭建起來，其中手術室、病床位一應俱全。
就在李傑等人對這個臨時搭起的醫院擁有如此完備的設施而感慨萬分的時候，
遠處一輛越野車壓著碎石和建築殘渣飛奔而來！
來得這麼急，不用猜，肯定是有病人需要搶救！
三個人正準備看看這個醫院如何救人，突然背後傳來一聲嚴厲的呵斥：
「馬上要進行搶救工作了，你們都快點離開！不要打擾醫生救人！」
這個聲音出現得很突然，三個人被嚇了一跳，
回頭一看，這不是把李傑當成庸醫的那位面若冰山的女醫生麼！

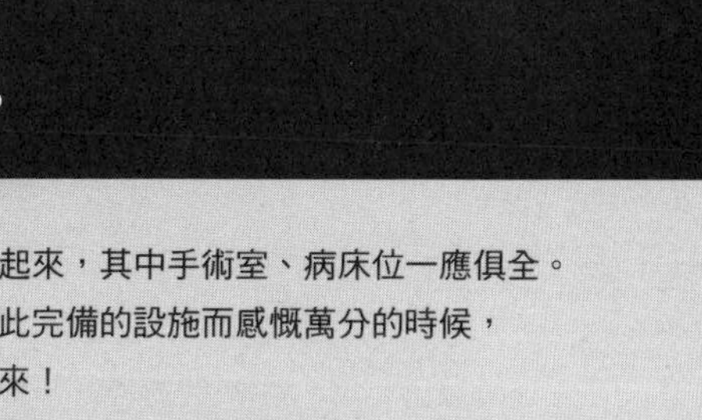

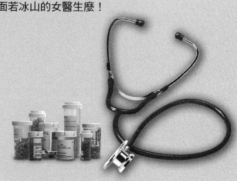

趙秘書看到李傑跟一個傢伙聊得正高興，隱約猜測出來眼前這發放的救災物資可能就是這兩個人弄的，於是走上前詢問。

「這位是千里迢迢趕過來捐贈救災物資的……好心人！」李傑向趙秘書介紹道，他到現在還不知道這個傢伙的名字。

趙秘書立刻擺出一副領導架勢，那模樣頗有幾分陳書記的風範。他跟粗脖子握手說道：「真是辛苦你了，黨和國家不會忘記你的援助！我代表災區人民感謝你！」

粗脖子被熱情的趙秘書握著手，臉上那笑容要多難看有多難看。他現在可算是想起來了，眼前的這個黑小子不就是當時在ＢＪ那個醫生麼！

眼前這個跟自己握手的傢伙雖然年輕，但頗有領導氣派，他這次認栽了，他也不再奢求能將丟失的東西要回來，只盼望李傑說話算數能讓他賺個本錢。

「趙秘書，你們先聊，我去看看這裏的衛生情況！」李傑說完就扔下了兩個人，獨自跑去檢查這裏的衛生防疫工作。

地震後的疫情預防是一個重點，當然，救人的工作依然要持續。這個世界從來都是禍不單行，地震過後如果不做好防疫工作，肯定會有一波巨大的疫情！鼠疫、霍亂等等疾病就可能滋生流行。

李傑在B縣這個地方發現，人們沒有任何的防護措施，大家完全忽略了防疫工作。很多細菌在地震後第二天的存活率在百分之六十左右；第三天存活率大概在百分之四十至五十之間；第五天就降得多一些。如果任其爆發，那麼死亡的人數可能會翻倍。地震後，救援的人員會越來越多，災區的衛生狀況也會越來越差，在第三天左右的時候，就應該完備地做好防疫工作。

趙秘書跟眼前的這個慈善的粗脖子商人聊得很高興，連續誇獎了他幾次。可惜苦了粗脖子，現在只能承認自己是來贈送物資的了，眼前這個傢伙一副領導派頭，如果說自己是來投機倒把牟取暴利的，說不定他一怒之下會把自己抓起來。

李傑巡視一圈，心情沉重地回來，對趙秘書說道：「這裏衛生條件很差，很容易暴發疫情啊！」

「這裏不是我們能管得了的！我們去做自己的事情吧！」

趙秘書說完轉身就要走，卻被李傑一把抓住，然後就聽見他氣憤地說道：「只要是災民，我們就要救！到現在還劃分什麼任務！我們每個人都有一個共同的任務，就是救災！」

趙秘書不知道眼前這個小子哪裏來的脾氣，但李傑現在看起來就像陳書記發怒時的樣子，也就想起來了，他是受陳書記所托來防止疫情的，於是解釋道：「好！聽你的，我們先去交代一下這裏的防疫工作，然後取藥品，行了吧？」

李傑這才滿意地點了點頭，鬆開了手。

粗脖子在一邊看得一頭霧水，也不知道這兩個傢伙到底是什麼身分，什麼關係，這個領導樣的傢伙還要聽這個醫生的？雖然好奇，但是他沒有問。他還記得以前在醫院裏的傳言，人們說李傑是一個很有背景的人物。

趙秘書帶了李傑找到災區的負責人，這個負責人本就是當地的縣長。他沒有什麼救災的經驗，一直都是忙著指揮大家在廢墟裏救人，聽到李傑的勸告以後，也對災後疫情重視起來，並且立刻下令整頓。

李傑對這個結果很滿意，又交代了一些注意事項等等。他知道，這個防疫工作能這麼快進行，一方面是因爲大家對救災的重視，還有一方面是因爲他李傑現在是陳書記的代表。如果他以一個小醫生的身分來說話，不可能這麼順利。

汽車緩緩地行駛著，顛簸的道路讓坐車也成了一種受罪。汽車的後面跟著粗脖子的卡車，卡車車廂裏空蕩蕩的，什麼也沒有。前排座位上是發洩怒火的粗脖子，還有他含著眼淚的委屈助手。

各種援助物資幾乎都集中在了B縣郊外的一個體育場。此處各種各樣的卡車就有十幾輛，還有一些堆積在地上用帆布蓋了起來的物資。

「這批藥物是一個私人藥廠捐贈的！一會兒你下去了挑選一批我們最需要的！現在我們運輸能力有限，不能全部拉走！」趙秘書說道。

李傑點了點頭。他早已經做了計畫，在腦子裏對災區防疫所需要的藥物羅列了清單。

車到達目的地，李傑跟趙秘書一同下了車。捐助者們也都等了好半天，這會兒看到車來了，也都圍了上來。

趙秘書先對捐助者進行了公式化的問候，之後又向他們介紹了李傑。

「這位是……」

趙秘書話剛說到一半，卻聽到李傑說道：「我們認識的，不用介紹了，這是鑫龍的楊威董事長！」

楊威哈哈大笑。眼前這個鑫龍的董事長，此刻看起來卻沒有當時那種意氣風發的感覺。

「我現在不是鑫龍的董事長了，我現在是立方藥業的經理！」

立方藥業？李傑從來就沒有聽說過。作爲醫生，對於藥品都是很熟悉的，具體的廠家也大概聽說過。這個立方藥業應該是一個小廠吧，可能沒有什麼特別的藥物產品。

李傑不明白他為什麼放棄鑫龍那麼好的企業，鑫龍他應該是絕對控股人啊！從天堂到地獄不過一步之遙，這一步很容易，但是再想退回去卻不可能。

李傑猜想，楊威肯定出了什麼重大的變故。這件事情多半跟他的那個「兒子」有關係。李傑沒有問，因為他不想摻和到這種豪門家族的複雜恩怨裏面。

聽了楊威的話，李傑也一樣大笑兩聲，與楊威握手道：「歡迎楊總加入我們醫療行業！」

「還請你李神醫多多關照！」

兩個人又寒暄了一陣後，開始辦理藥品事務。李傑有點佩服這個楊威的頭腦，他這次捐贈藥品及時到位，而且竟然還帶了一位隨行的記者。

他這是既得到了捐贈好名聲，又得到了一次免費的大宣傳，用不了多久，肯定電視、報紙都會大肆報導立方藥業的及時捐贈。

李傑也沒有因此鄙視他，這是很正常的事情，如果是換了自己，也可能這麼做。敢這麼做的，捐贈的數額肯定夠大，對災區的幫助也有可能最大！

「這些都是最需要的東西，也是我們最新的產品！」楊威拿著清單在一點一點地介紹著。

李傑雖然跟他認識，但那是私下的交情，在檢驗藥品的時候可不能有絲毫的馬虎，這是關係人命的問題。

這次楊威送來的藥品果然是下了血本，他們公司的規模並不是很大，捐獻的藥品的價值大約占了他們公司半年的利潤，同時還有很多其他的災區急需的用品。

「慶大黴素、四環素、藿香正氣膠囊、碘酊……」李傑一邊看著清單，一邊點出自己需要的藥品。他只選擇了其中的百分之四十左右，將大部分不是急需的給剔除了。

「其他的不要了？」楊威指著清單問道。

「口罩也要！其他先留下吧！沒有那麼多車輛可以送！」李傑說道。

楊威搖了搖頭，他這次有點失策。畢竟他不是搞醫學的，他運來的藥品很多，多是他們公司的主打產品，但是災區並不會都用得上，雖然如此，但計畫還是要繼續進行。

「李醫生，我剛剛約了一位記者，一起來吧，幫幫我！」楊威知道眼前這個黑皮膚貌似忠厚的小子其實很聰明，自己的計畫他看得出來，所以也不多說什麼。

李傑看在他捐贈這麼多的份上，覺得應該幫他一把。管他是什麼目的，其實他捐贈的不是不能用，而是不急著用。在這個運輸能力低下的災區，汽油與運輸能力都是稀缺資源，應該儘量不去運那些不急需的，於是李傑點頭同意接受採訪。

李傑在媒體面前說了這次立方藥業的慷慨，但他做人有他的原則，比如他不會以自己醫生的身分來向患者推薦他根本不知道療效的藥。

採訪很快就結束了，這個記者顯然是楊威花錢雇過來的，並不是自願的，他顯得很慵懶，對災區的事情一點都不關心，採訪過後，打著哈欠就走了。

真是一個沒有職業道德的噁心傢伙啊！李傑心想，楊威也一樣對這個記者無可奈何，只能無奈地笑笑。

在眾人準備離開的時候，一支車隊浩浩蕩蕩地行駛過來。這些都是墨綠色的軍用大卡車，巨大的帆布蓋在了車上，根本看不出裝的是什麼。

楊威看出了李傑的疑惑，於是解釋道：「一三九師的野戰醫院，來支援災區的。好像還有日本的一支醫療隊，就是在你們醫院交流訪問的那支！」然後，他又補充了一句：「報紙上是這麼說的！」

李傑一聽，差點暈過去，龍田正太他們來幹什麼？如果是災區，那個龍田很容易做到兩百台手術，那自己豈不是白白浪費心機困住他了。

果然，在車隊的後面，李傑又看到了一輛豪華的大巴車！雖然看不清裏面的人物，但是他能肯定是日本的交流團。

一三九師的陸軍野戰醫院在地震後就立刻行動起來了，因爲道路一直都沒有打通，所以到今天才到達災區。野戰醫院醫療設備齊全，各種災區急需的設備器械基本都有，最重要的是，這支隊伍隨行帶了三輛血液運輸車。純淨的血液是災區最需要的東西！

同時，這次一共有隨行軍醫五十餘人，護士約百人。這一支部隊野戰醫院的到來，不知道可以解救多少人。同時跟他們一起來的日本醫療團，也算是這次醫療隊伍的重要力量，他們有二十人。

本來日本的醫學交流團是要回國的，沒想到中國竟然發生了地震。第一附屬醫院的院長也是一個人才，他一直對放走李傑有點不放心，同時也本著愛國的想法，他就要求日本方面能幫忙救災，同時也照顧一下李傑。

在這個世界的這個年代，中日雙方的關係比較友好，特別是醫療界，彼此之間交流不斷，中日聯誼醫院也遍佈了多個城市。對於中方院長的提議，交流團在向他們國家本土的醫院請示得到肯定的答覆以後就前往災區。

龍田正太不知道爲什麼那天的手術以後李傑就不見了。他在那天深受打擊，覺得自己的世界突然黑暗了，之前所有的榮譽都被這黑暗所吞噬。但隨後他就聽到了李傑去災區的消息，更具有戲劇性的是，他們竟然也緊跟著來了。

李傑看著車隊壓著不平的道路一路濺著泥水，從出現再到漸漸消失，他打心底爲災區高興，有了這個設備齊全的野戰醫院，也將有更多的人得救。

可惜自己手臂受傷暫時不能動手術了，想起胳膊上的傷，李傑還覺得隱隱作痛，他覺得似乎應該處理一下，以防止感染。但這也就是一瞬間的想法，隨後就拋在了腦後。

「我們走吧！早點將藥物送回去，早點做工作！」趙秘書提醒道。

李傑點頭稱是，於是告別了楊威，招呼粗脖子準備回去。粗脖子一直想問李傑能給他多少錢，但是卻一直不敢開口，怕他一生氣連自己的車也不用了，那可是虧大了，這次就一毛錢也賺不到了。

他打定了主意，這次就安心幫他幹活，然後再找他要錢，如果不給就去鬧，粗脖子認定了李傑是有頭有臉的人物，這樣的人就好面子，絕對害怕有人來鬧騰他。

想到這裏，他也有了幹勁，招呼著助手一起上車。掛擋踩油門，汽車猶如一頭甦醒的怪獸呼嘯而去。

地震後，整個城市如同陷入了深淵，水電斷了，所有與外界聯繫的紐帶也斷了，就連路都是剛剛修通不超過十個小時。

上萬無家可歸的難民，數萬的傷患，以及大量的外來急救人員在城市郊區或在市內的廣場公園等開闊地聚集。

開始幾天或許還好一點，但隨著時間的推移，問題便漸漸顯現了出來。首先是食物與水的問題，食物還可以空投補給一些，但是水卻不能，現在災區的人喝的多是雨水，而且都沒有煮沸消毒。

生活廢棄物造成了大量的污染。更可怕的是，一些死去的人的屍體在這溫暖潮濕的氣候下迅速地腐爛，導致病毒滋生，細菌氾濫。

「例如：鼠疫、瘧疾……」李傑在車上滔滔不絕地跟趙秘書聊著防疫工作的重要性。

「先不說這個，我聽說你做手術很厲害！你才二十多歲，是麼？」趙秘書沒有心思聽他的防疫理論，他對八卦的問題更感興趣。

李傑想告訴他自己是穿越來的，所有的醫術都是他在前世所學，做過很多臨床手術以及在美國甚至全世界都排名第一的哈佛大學做了三年的研究，才練出了這麼一身技術，但是，他知道自己不能這樣說，說了趙秘書也不會相信。

「我這個是偶然而已，可能我比較適合做手術吧！每個人都有合適自己的位置！」李傑笑道。

趙秘書將身子坐直了，面對著李傑說道：「那你看我適合做什麼？」

李傑被他這個孩子氣的舉動弄得有些想笑，但又不能笑，只能忍著說道：「你適合做官啊！我看不久的將來，你會成爲陳書記那樣有地位的人！」

李傑知道這話聽起來假得不得了，但是卻說到了趙秘書的心裏。他就盼著有這麼一天能升官，那樣他就再也不用看別人臉色了。即使李傑說的是奉承話是假話，他也願意聽。此刻，他已經把李傑當成了知心的好友，在路上聊個不停。

回到C市，李傑首先就是到廣場，這裏同時也是衛生防疫的重點地區。這附近的人也很密集，同時這裏垃圾很多，污染最大，特別是廢棄的醫療垃圾導致的污染大。

其實李傑還有個小小的私心，他想來這裏看看他們這批來自BJ的醫療團的其他成員，他已經超過二十四個小時沒有見到他們了。李傑有些擔心，尤其擔心那些體力差的、最後趕上來的老醫生們！當然，他最關心的還是他的石清。

玫瑰花園廣場在道路重新開通了以後，物資得到了迅速的補充，廣場上密密麻麻地佈滿了臨時的帳篷。這裏工作著上百個醫護人員，大量的傷者在這裏得到了及時的救援，保住了性命。

在廣場不遠處，還有一塊空地，這裏停著幾輛大卡車，那濃重的墨綠色上赫然寫著一三九，這不正是早一步趕來的一三九的野戰醫院隊伍麼！

野戰醫院的軍人作風在這個時候得到了充分的展現。本來留給他們的空地並不是很大，周圍雜物遍佈，但是很快他們就在部隊的配合下清理出大量的雜物與建築廢料，又在一個小時內搭建起了一個臨時的醫院！

李傑沒有心思感歎他們搭建醫院的高效率，雖然他很好奇。他現在的首要任務是分發防疫藥品，同時指導防疫工作。

當然，在玫瑰花園廣場，在防疫方面，這裏有很多比他要強得多的人，其實李傑也想將這個工作讓給防疫方面的專家，但是趙秘書卻不允許，不知道爲什麼，他就認定李傑能做好這件事。

這裏的醫生已經及時得到了一批藥物的支援，所以對於李傑這批後來的藥物供應興趣不大，反而對那所野戰醫院更有興趣。

雖然大家都是醫生，但普通醫生跟軍醫所學的東西差距還是很大的，軍醫對於戰場急救、燒傷、外傷等更擅長一些，而普通醫院裏的醫生大多雖然屬於大家所常見的全科醫生，但是對於戰場上很多傷病的處理，技術要差很多。

最讓大家感到神秘的是戰地醫院裏的構造和設備，一般醫生，例如李傑，當了這麼多年醫生都沒見過。

李傑下了車便開始召集人來分發藥品，這裏的醫生基本都是ＢＪ那批跟隨李傑一起來的，他們還在為李傑的消失而感到困惑，沒想到這會兒竟然見到他了。

「還以為你小子跑哪裏去了！竟然還升官了！」一位附屬醫院的老醫生聽了李傑講述他消失的這一天的經歷後，拍著李傑半開玩笑地說道。

「不敢不敢，還需要老師多指導，這防疫我不是很在行！」李傑謙虛道。他對自己的水準很清楚，防疫他不在行，找一個老師來幫忙還是應該的。

這位老醫生正好是這方面的專家，他也就答應了李傑，大家都已經連續工作了很長時間，這會兒趁著機會和李傑聊聊天，也算輕鬆一下。

可是，做醫生，特別是這種情況下的醫生，休息也成了奢侈。所以，不到五分鐘，他就又回到工作崗位上去了。

李傑看到了石清，只是問了一下好，並沒有多說，他覺得有點對不住她，石清為了他才來這裏，而自己卻沒有照顧好她，很顯然，她很勞累，而且眼睛腫腫的，不知道哭了多少次。

李傑、防疫專家和趙秘書三個人圍坐一起討論著關於防疫方面的事情，李傑覺得自己多數時間是個看客，他這次找的這個幫忙的老師明顯要比他高明，雖然防疫的要點李傑也都明白，但是他明顯經驗不足，在處理問題上過於僵硬。不過，李傑也不是一無是處，在一些問題上，他還能作些貢獻。

防疫工作除了藥品方面，還有很多地方需要軍隊幫忙，比如污染物處理，這是需要人力的；還有屍體處理，這需要家屬的理解。

在計畫做得差不多了以後，李傑終於按捺不住自己的好奇心，提議道：「我們去野戰醫院看一下怎麼樣？」

其實，另外兩個人也早就有跟李傑一樣的想法了，但是一直都沒有提出來。這次李傑一提起，立刻得到了他們的贊同。

野戰醫院遠遠看起來就像一個墨綠色的「鐵盒子」。在路上的時候，這些東西都是被大帆布覆蓋著的，他們沒能看到。

李傑聽說這個可以快速組合的東西裏面配備了多種先進儀器，並且可以在各種艱苦的環境中派上用場。他很想去看看，以滿足自己的好奇心。

其實，對這個野戰醫院有興趣的人很多，一些受傷不是很重可以走動的災民，也在觀看這個可以到處移動的野戰醫院。但是，這些人沒有他們三個這麼大膽，他們多是遠遠地看著。其他的醫生因爲忙工作，根本沒有時間，他們只盼望著以後有機會了。

李傑三人悄悄走了過去，野戰醫院已經搭建起來，其中手術室、病床位一應俱全。就在李傑等人對這個臨時搭起的醫院擁有如此完備的設施而感慨萬分的時候，遠處一輛越野車壓著碎石和建築殘渣飛奔而來！

來得這麼急，不用猜，肯定是有病人需要搶救！三個人正準備看看這個醫院如何救人，突然背後傳來一聲嚴厲的呵斥：「馬上要進行搶救工作了，你們都快點離開！不要打擾醫生救人！」

這個聲音出現得很突然，三個人被嚇了一跳，回頭一看，這不是把李傑當成庸醫的那位面若冰山的女醫生麼！

韓超駕駛著軍用越野車狂奔，他做事情從來都是這樣急躁，但像這樣不要命地開車卻也是第一次。

他開車的技術很好，即使是在這滿是沙石與建築廢料的道路上，車裏的人也不覺得非常顛簸。微微細雨掉落在車窗上，然後如淚水一般慢慢滑落。

韓超此刻心急如焚，車的後座有位急診病人，這是一個他真正尊敬與佩服的人。他就是陳書記，這個老人在地震的第一時間就親赴前線來指揮救災，他是一個讓災區所有人佩服的老人。

在車後座照顧陳書記的勤務兵此刻嚇得面無血色，他實在是害怕，韓超開車實在太可怕了。

在這種道路上如此快速地駕駛，簡直就是在玩命。每次急轉彎，他都覺得自己性命將終結，但每次卻都活了下來，他甚至想，就這麼來一次痛快的算了，坐這種車實在太嚇人了。

韓超可管不了那麼多，馬上到達野戰醫院現在是他唯一的目標。如果沒有這個野戰醫院，陳書記可能已經死了。老天或許也知道陳書記是一個好官員，不忍心奪取他的生命。恰在這個時候，野戰醫院來了，給了他一絲希望。

野戰醫院的軍醫們早已經待命準備，手術室也準備完畢，幾名醫生已經做好了手術的準備。

一個無菌與安靜的環境是手術所必需的，所以李傑等幾個人就成了這個野戰醫院驅逐的對象。

李傑一直認爲學醫會讓人變得不正常，覺得醫學院通常都是「外星人」與「變態者」的聚集地。他就是在這樣的環境下生活的，醫學院學生通常都是高分錄取，進了大學後還要再學七年！

醫學院的一本外科書就有牛津大字典一般厚，學起來讓不少人感覺到頭昏腦脹。當其他院系的大學生都在戀愛，在享受生活的時候，醫學院的學生大多在經受這種痛苦的煎熬，所以許多人慢慢「變態」了。

當然這是李傑等人在上學時傳的玩笑話，不過學醫學的人壓力確實都很大，有心理問題的人很多。

李傑一直堅信，一般人不會選擇用七年時間學醫，特別是漂亮的女孩。如果有，那麼她肯定有點什麼故事。

眼前這個暴脾氣的冰山美女，就是一個在李傑眼中受醫學院壓迫變態的典型，不可否認，她很漂亮，天生麗質的她，擁有著讓其他女孩羨慕的皮膚，晶瑩剔透、吹彈可破，套句廣告詞來說就是：皮膚像剝了殼的熟雞蛋。水晶一般的眼眸，細薄的朱唇，一頭墨一般濃黑的秀髮梳在腦後。無一不美得令人讚歎。

如果這頭髮能留長點披在肩膀上會更好看，李傑心想，不過，作爲醫生，要進手術室，短頭髮更爲方便。就像李傑的頭髮，比和尚強不了多少。

一個人對另一個人的印象通常都是第一眼形成的，這位冷如冰山的女軍醫從第一眼就認定了李傑是個庸醫。

庸醫身邊通常也不會有什麼好人，她對李傑身邊的兩個人也一樣鄙視。

趙秘書好歹也是個小公務員，又常常跟在陳書記身邊，哪裏受到過這樣的呵斥，雖然知道自己在野戰醫院賴著不對，可是爲了面子也不能就這麼算了。於是怒道：「你喊什麼，沒有人告訴你什麼叫禮貌麼？」

冰山一般的美女只是看了一眼氣急敗壞的趙秘書，也不說話，轉身就走。

「咱們走吧！手術的確怕打擾，也不知道是什麼樣的病人！」李傑說道。

趙秘書還在爲剛剛丟面子而氣惱，正在想怎麼找回面子，聽到李傑的提議立刻贊同。他說：「走到車邊看看去！什麼病人能這麼有面子，軍車護送！」

越野車剛剛停下，醫生們迅速將傷患抬下汽車，他們動作迅速而平緩。軍醫在搶救病人時沒有絲毫的慌亂，其軍人的作風讓人驚歎。

「好像很眼熟啊！這個人是誰啊？」趙秘書只能透過人群看到傷者的一小部分，所以沒有認出這個人來。

「好像是陳書記！」防疫專家的位置看得清一些，他猜測道。

趙秘書一聽，立刻急了，他把好像兩個字給忽略了，於是用他那帶著哭腔的聲音高呼著「陳書記」便不顧一切地撲了上去。

可憐他一片忠心赤誠，竟然被其他醫生給攔了回去，他也只能在一邊著急地看著。

陳書記被人快速抬進病房，他面色蒼白，呼吸困難，手足冰冷，脈搏細弱，情況十分危險。

第二劑

倒下的指揮官

野戰醫院的手術室已經亂成了一團。

陳書記是這裏最高的指揮官，大家都明白他的重要性。

最重要的是，他是一個好官，一位真正為人民做好事的父母官，

將他救活是每個人的願望。

「兩肺濕羅音，心臟聽診奔馬律！」一個醫生說。

緊接著這句話，另一個醫生則說：病人心肌梗塞，引發急性心力衰竭，必須手術！」

主刀醫生的手在顫抖，這個病人生死關係重大，

他的心肌壞死部分必須趕快切除，這又是一個高難度手術。

可他是一個戰場急救專家，不是一個心胸外科醫生。

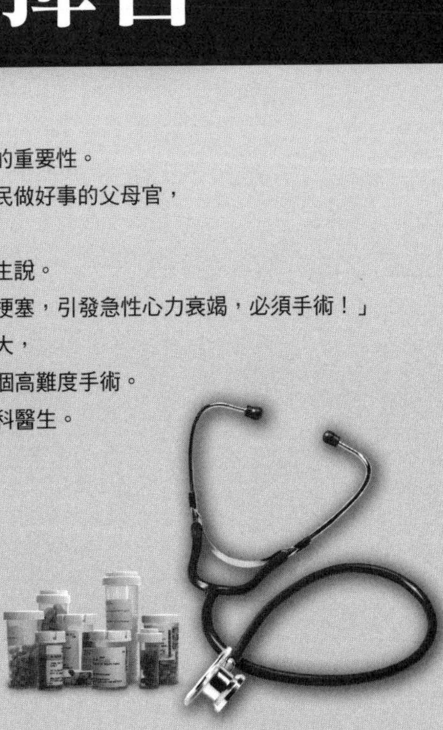

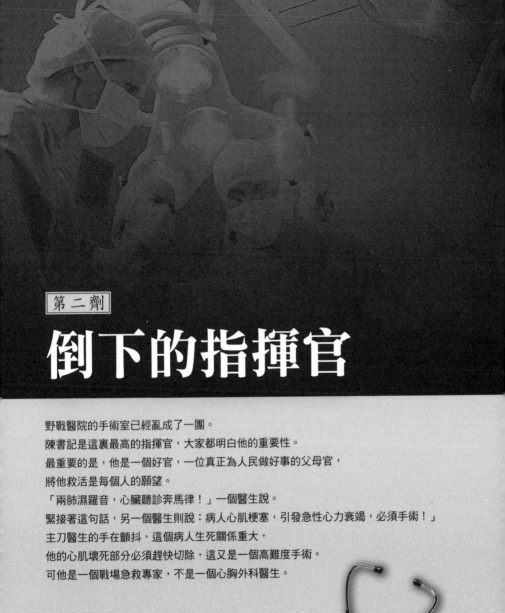

李傑看著急得團團轉的趙秘書安慰道：「不要著急，這些都是軍隊裏頂尖的醫生，不會有事的！」

趙秘書點了點頭，但是卻依然放不下心來，好像熱鍋上的螞蟻一般。他跟著陳書記已經好幾年了，雖說是上下級的關係，但兩個人平時相處得不錯。除了友誼這一層，陳書記也是他趙秘書的前程保證。

如果陳書記有個不測，他傷心難過不說，他的前程也盡數毀了。

著急也沒有用，現在陳書記正在被搶救，李傑也挺關心這位平易近人的老書記，但手術室不讓進，只能問問知情的人了。

所謂知情人士，其實也就是韓超這個開車將陳書記送過來的年輕軍官，他也關心陳書記的病情，但他沒有像趙秘書那樣，把一切都表現在言語動作上，他靜靜地坐著，等待著手術的結果。

李傑也不管人家願意不願意，搬了個磚頭就在韓超的身邊一坐，然後問道：「陳書記受傷了？」

「不，是舊病發作，心臟病吧！他腳扭傷了還繼續視察災區，這病的發作是幾分鐘前的事情。在救援現場，我們發現了一對母子，母親為了保護孩子而身受重傷，奄奄一息，孩子卻在她懷裏保護得很好。兩個人都卡在廢墟的亂石土塊裏，母親經過搶救，清醒後要求我們放棄救援她，先救她的孩子！」

韓超說到這裏，聲音有些哽咽，李傑又何嘗不是呢！這又是一個偉大的母親。爲了孩子，甘願犧牲自己。在災難來臨的時候，這樣的事情太多了，讓人感動了一次又一次。

女人都是脆弱的，但是在災區，女人更多表現出了堅強。母親是堅強的，女教師是堅強的，女護士也是堅強的。

兩人一時無語，過了一會兒，李傑平靜情緒後問道：「後來呢？救出來了麼？」

「應該救出來了！這個母親要了一支筆，要給她孩子留一封信！我們爲了平穩她的情緒，也就給了！這時候，陳書記也知道了這件事！」

「陳書記親自上陣救人了吧！」李傑猜測道，他覺得如果他在場，肯定也會去的。

「何止陳書記一個人。所有人都發了瘋一般，不要命地想要救這對母子。誰也攔不住陳書記，他剛剛搬幾個磚頭就暈倒了！」

「情緒激動，身體負擔過重！心臟病無疑！但願能平安！」李傑斷言道。就在李傑準備更進一步解釋的時候，那個冰山似的女醫生又出現了。

「你又懂什麼了？別亂說！」她白了李傑一眼，然後對韓超說道，「不用擔心，沒事的，在發病的時候，已經有醫生對他進行了急救，你送來得又及時，陳書記會沒事的！不要自責！」

李傑也懶得理這個女人。反正自己在她眼中是庸醫，怎麼說也沒用。更何況李傑沒有給她留下什麼好的印象！

他站起來轉過頭去，想看看在廣場上忙碌的石清，可是看了半天也沒看到她靚麗的身影。

野戰醫院的手術室已經亂成了一團。陳書記是這裏最高的指揮官，大家都明白他的重要性。最重要的是，他是一個好官，一位真正爲人民做好事的父母官，將他救活是每個人的願望。

「兩肺濕羅音，心臟聽診奔馬律！」一個醫生說。

緊接著這句話，另一個醫生則說：「病人心肌梗塞，引發急性心力衰竭，必須手術！」

野戰醫院的主任醫師此刻在猶豫。他不是心胸外科的醫生，做過的心臟手術少之又少，因爲戰場上傷到心臟的，通常直接死亡了。這也是野戰醫院沒有專門配備一個心臟手術專家的原因。這次地震的災區也是，傷患多是局部肌肉壓迫傷、腦外鈍器傷、脊柱傷等等。

主刀醫生的手在顫抖，這個病人生死關係重大，他的心肌壞死部分必須趕快切除，這又

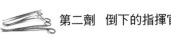

是一個高難度手術。可他是一個戰場急救專家，不是一個心胸外科醫生。

「叫艾雅來看看吧！她或許可以！」

艾雅就是那位冰山一般的女醫生，她專攻腦外科，但心胸外科也算是她專長之一。在救人的時候，沒有人會考慮什麼資歷的問題。

年輕的助手跑出手術室，看到艾雅就在門口。她正一改往日的冰冷面容，快樂地與韓超聊著天。年輕助手沒時間想這個美女怎麼會有如此大的變化，著急地說道：「艾雅，做手術準備，病人需要心臟手術。現在只有你能做了！」

艾雅一聽，立刻恢復了那冷冰冰的樣子，二話不說，將韓超丟在一邊，閃進了手術室。

女瘟神終於走了，李傑鬆了一口氣，看得出來，她對這個韓超很有好感。李傑早躲得遠遠的，電燈泡他是不會當的。

心臟手術！李傑聽到了那個助手對艾雅所說的話，不由得摸了摸自己的傷臂，傷口很痛，繃帶綁得很緊，似乎應該換藥了。

無影燈下，艾雅秀麗的面容完全隱藏在手術帽與大口罩下，只露出那水晶一般的眼眸。寬大的手術衣也遮不住她柔美的曲線，可惜現在沒有人欣賞，大家的注意力都在病人身上。

「肌肉注射杜冷丁！靜脈滴注……」冰冷的話語裏沒有一絲的感情。

「加壓高流量給氧！四肢上止血帶，糾正心力衰竭！」

艾雅下命令的速度很快，她的助手也就是先前的那位主刀醫生。他此刻做了她的助手，他的動作更加迅速。即使是以速度見長的李傑見了，恐怕也會忍不住誇讚。

「準備體外循環機！」

李傑在外面猶豫了好久，最後決定不去換藥了，他要守在門外等待著手術的消息，同時他將防疫工作交給了那位防疫專家。

趙秘書也沒有阻止他，現在他已經喪失了判斷的能力，在他心裏，只有陳書記的手術。他跟一隻沒頭蒼蠅一般，在手術室門口來回走動，看得李傑直發暈，更讓人難受的是，他總是不停地問李傑各種白癡的問題，而且是一遍又一遍地問。

韓超等了一會兒後，站起來稍稍整理了一下軍裝，然後對李傑和趙秘書說道：「我還要回去。救災的工作不能停止！另外，這裏拜託你們了！」

「好了！你放心吧！這裏有我們，希望你能將那對母子救出來！」李傑說道。

韓超似乎有什麼話要說，但是到了嘴邊，卻又沒有說出來。趙秘書心不在焉地沒有發現，但李傑卻看出了他的心事，但是他沒有說，一直等到他開車走之前，李傑故意大聲喊道：「放心，我會告訴那位漂亮女醫生，你在等他！」

韓超從來沒有覺得自己的臉像今天這麼燙過，他使勁踩下油門，飛一般地逃跑了。

現在就剩下李傑和這個神經質的趙秘書兩個人了。趙秘書不斷地煩李傑，他現在是叫天天不應，叫地地不靈啊！

手術室裏，艾雅那晶瑩剔透的皮膚上滿是汗水，手術僅僅進行了十五分鐘而已，胸腔已經打開了，剛剛開啓心包，但是她卻不知道如何下手！

「心肌梗塞的範圍太大了！他身體太弱了，恐怕過不去這關了！艾雅你覺得呢？」那位老年助手醫生問道。

「大範圍的梗塞，可能還有室間隔穿破……我做不了！」艾雅急得都快要哭出來了，她的技術並不差，但是這個手術的確太難了，成功的機率太小了。

客串助手的老年醫生說道：「這個手術太難了。沒有把握就不好做了！畢竟我們不是心胸外科的醫生，聽說外面廣場上的醫生多是BJ大醫院趕來的，去找個心胸專家吧！」

「可是……」

那醫生揮了揮手，阻止這個艾雅說：「別猶豫了，術業有專攻，我們來手術的話，病人八成會死！」

艾雅很無奈，但是現在卻一點辦法也沒有。她只能跑出去傳遞消息。

BJ市的各大醫院幾乎都派遣了人來。做心臟手術，在BJ，心胸外科專家當然首推第一附屬醫院的王永主任，其次就是安民醫院的王睿。當然也有很多人喜歡李傑，畢竟他做過超高難度的Bentall。

艾雅的手術服都沒有來得及脫掉，就跑到廣場，向大家詢問心胸外科的專家。王永和王睿都不在這裏，大家當然異口同聲地推薦李傑。

艾雅不知道李傑是誰，但大家異口同聲地推薦，那就只好找他了，但是當她找到李傑的時候，卻又有些不敢相信。這個年輕的皮膚黝黑的傢伙是心胸外科的專家？眼前的這個庸醫，竟然是最傑出的醫生？

「嘿！李傑，快去準備一下，手術啊！」帶著艾雅找到李傑的醫生說道。

李傑還愣在那裏，還沒明白怎麼回事，這個冰山一般的女醫生，她剛剛跑出去的時候還鄙視了自己一下，這會兒怎麼又跑過來找自己？

「大範圍的梗塞並且室間隔穿破，你能做麼？」艾雅根本不信任李傑，她不信這個庸醫能完成如此高難度的手術。

李傑對於這個女人已經很忍讓了，脾氣再好，這會兒他也生氣了，於是反唇相譏道：「我不能，難道你可以？」

「你……」艾雅什麼時候遇到過李傑這樣的人？她從小到大就生活在眾星捧月的環境中，無論相貌還是才學都是第一，什麼時候受到過如此的侮辱？

李傑看著氣得發抖的冰山美人，感覺到一絲報復的快感，但又覺得自己太小氣了。同時他覺得這個女人是軍醫，說不定又會武術，記得有這麼一句話說：「軍醫會武術，誰也擋不住！」

女軍醫會武術恐怕也是一件讓人害怕的事，於是他又轉開話題說道：「韓超營長說他很喜歡你，會來接你！」

艾雅現在恨不得找個地縫鑽進去，這個年代的男女都是很保守的。她雖然心中歡喜卻又礙於面子，於是害羞地跑掉了。

李傑歎了一口氣，會武術的傢伙跑了！終於脫離了危險！

現在是要去手術的時候了！他看了看自己的右手，感覺傷口似乎還有一絲的疼痛，不過顧不得這麼多了，陳書記的命要緊！

趙秘書一直都很信任李傑，一聽到李傑要替陳書記做手術，拉著他的手千叮嚀萬囑咐地說了好多遍。

在消毒室，李傑將纏在手上的繃帶輕輕地解開，心中暗罵艾雅那個冰冷的狠毒女人，她打的繃帶很緊，而且還是用一種李傑沒有見過的手法打結，害得李傑用刀片才劃開，如果不是經常拿刀的人，說不定會傷了自己。

傷口已經不流血了，但卻沒有結痂，而且還隱隱作痛，李傑明白是爲什麼，當時處理得太簡單了，在給雙手消毒的時候，他只是將傷口附近用酒精棉擦了一下，然後貼了膠布在傷口上，防止撕裂。

李傑雙手併攏著用後背頂開手術室的門。

無影燈下，穿著綠色手術衣的李傑瞬間進入了手術狀態。

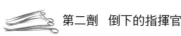

「上、下腔靜脈內放入引血導管，升主動脈內插入給血導管，連接人工心肺機，開始體外循環，冰生理鹽水……」

李傑的話剛剛說完，作爲助手的老醫生就疑問道：「這個？插管還有……」

他的問題李傑明白，無非是他體外循環的插管問題，這個體外循環的插管在別人看來都太怪異了，不符合標準。

標準是相對的，對眼前的這個病人來說，李傑覺得自己的方法就是最佳的辦法！他的心肌大面積梗塞，而且還有室間隔穿破！

李傑沒有時間跟這個疑惑的助手解釋，他淡淡地說道：「放心，如果出錯誤了，我來負責！」

老年的醫生助手還以爲李傑是在吹牛，但是接下來卻發現他不是吹牛，他的確有高傲的資本。

左心室的完美切口！李傑的技術讓人驚歎同時也讓人疑惑。爲什麼是少見的左心室而不是通常情況下的右心室？

李傑很想告訴他們，病人有室間隔穿破，右心室的切口對手術顯露視野有影響，而且右心室切口經常會損傷正常右心室心肌，容易切斷來自右冠狀動脈分支的側支循環。

當然李傑也可以做右心室的切口，上次給楊威一歲半的孩子開心臟的時候就是右心室切口，他的手術刀在桃子一般大小的心臟上完全沒有損壞心肌。

這些都是李傑多年來的經驗，右心室切口，多數適合先天性心臟病，所以上次手術開的是右心室。左心室則適合後天性的，當然，具體情況要根據每個人的不同而定。

病人的心臟已經停止了跳動，整個血液循環都在依靠體外循環機來進行。

左心室的心肌被鋒利的手術刀劃出一條精緻的切口，助手來不及感歎李傑的神奇技術，他迅速用紗布將湧出的血液擦拭乾淨。

這一刀看起來很好，讓手術室裏的人驚歎不已，再也不敢小看李傑。可是李傑他本人卻不滿意，不知道爲什麼，他感覺很好的一刀，切下去卻讓他感覺不夠完美。

李傑深深吸了一口氣，這次手術難度不比往常的高難度手術小多少！病人在手術前已經心源性休克，這樣的患者死亡率最高。在一些醫院裏，醫德不好的醫生甚至不接收這樣的病人。

不過，還好室間隔穿破在心尖部，這是一個讓人喜歡的位置，修補不是很困難。如果在室間隔後部則要困難得多。

現在是來確定壞死心肌範圍的時候了，李傑將手術刀還給器械護士，食指在心臟上依靠觸診來辨別壞死的肌肉。

大約一分鐘的時間！李傑感覺汗水不住地流下。

他摸不出來壞死的心肌！難道要在這個地方栽跟頭？

做醫生的，除了高超的技藝之外還需要冷靜的頭腦，因爲手術常常可能遇到出乎預料的事。李傑天生就是一個「膽大妄爲」的人，在手術台上常有驚人之舉，所以他遇到的意外也是最多的。

他在手術台上從來都是從容地面對各種疑難雜症，但這是第一次感覺到了恐懼。

壞死心肌的觸診對別人或許很難，但是對於李傑卻是家常便飯，但是現在他的手沒有那麼靈敏了。

手術刀是外科醫生的靈魂，而一隻靈巧的右手則是手術刀的靈魂！李傑覺得自己正在喪失靈魂，變成沒有了靈魂的行屍走肉。

無影燈下，李傑沒有了往日的揮灑自如，沒有了那一切盡在掌握的感覺。

「怎麼了？」老醫生助手問道。

李傑聽到他的聲音才回過神來，想起自己還在手術室，怎麼辦？……他急中生智，於是換了左手繼續觸診，尋找壞死的心肌。終於，那種熟悉的感覺回來了。

此刻，他不知道是高興好還是悲哀好，悲哀是因爲自己的右手肯定出了點毛病，具體的原因還不是很清楚，高興的是陳書記有救了。

現在的首要任務是先將陳書記治好，在壞死心肌的位置確定了以後，他的手術刀精確定位，切除病變區的壞死心肌組織和左、右心室心尖區梗塞的心肌組織。

接下來就是這次手術最後的一步——縫合心肌了！

手術室中的人被李傑的技術所折服，這是一種近乎於完美的技術。

艾雅不知道什麼時候也進入了手術室，她不敢相信眼前的這個庸醫竟然真的能完成這個超高難度的手術，這個皮膚黝黑、有點壞的傢伙，真是讓人吃驚。

在眾人讚歎的目光下，手術刀的靈魂卻在漸漸地喪失，李傑在心室間隔下方左心室的穿破區進行修補時越來越感覺到力不從心。這種感覺就好像射擊隊員失去瞄準鏡一般。

李傑平時不用放大鏡等器械，可以讓縫合線的間距在一公釐左右，並且縫線整齊。這次用滌綸織片縫補心室間隔下方左心室的穿破區時，李傑卻無法讓針腳整齊，失去「瞄準鏡」也就是失去了自己最得意的武器。他覺得手似乎已經不是自己的了，這種感覺越來越強烈。

冷靜，這個時候一定要穩住心態。李傑在心裏告誡自己，台上躺著的是位高權重的陳書記，也是愛民如子的陳書記，這次手術不能出現一點差錯。

這都是心理作用，李傑心想，他手臂的這點外傷沒有道理會導致這樣感覺喪失的神經性損傷，手部的暫時性感覺喪失應該是勞累的結果。

李傑想到這兒，又重拾起信心，雖然右手依然是狀態達不到最佳，但是他的手術依然精彩，征服了在場的所有人。

雖然他們不是心胸科的醫生，但是對於心胸的手術多少是瞭解的，他們也觀摩實習過很多著名醫生的手術。眼前的這個皮膚黝黑的年輕醫生，跟他們比起來根本就差不了多少。

手術室外，此刻已經聚滿了人，陳書記的病情牽動了無數人的心。人們不希望這樣的好官就這麼死去。他們在爲陳書記祈禱，期盼他能夠早日康復。

雙手彷彿變魔術一般，繞得人眼花繚亂，李傑覺得自己手的感覺似乎恢復了一點，起碼在縫合完畢後，打結卻是一點問題也沒有。

「真是太感謝你了！沒有你的幫助，這個手術不會成功！」老醫生助手將多餘的線頭剪斷以後，對李傑說道。

李傑摘掉那讓人窒息的口罩，深深吸了一口氣說道：「不用感謝我，治病救人是醫生的本職工作。」

手術已經結束，這裏沒有李傑什麼事情了。他正要出去，看到艾雅站在門口，冰山一樣的女人不敢相信李傑竟然真的成功做了這個高難度的手術。艾雅雖然是主攻腦外科的醫生，但是在心胸外科的造詣卻也不差，李傑這個手術難度她很清楚。

李傑於是對著她低聲調侃道：「嘿！你要留我吃飯麼？莫非你捨不得我？」

艾雅一聽，趕緊讓開，以證明自己清白，但又突然想，這個傢伙怎麼敢對自己這樣？可等她反應過來的時候，李傑早已經背對著她了！

因爲李傑說話的聲音很小，其他的醫生根本不知道發生了什麼事。只是看到這軍隊聞名的冰山美人竟然會因爲幾句話而害羞，不由對李傑與艾雅的關係多了幾分猜測。

脫掉手術衣，走出手術室後，李傑以爲自己可以喘口氣了，他以爲在門口只會有趙秘書這個傢伙煩他。如果告訴他手術成功的消息，這個傢伙肯定會感激死自己。可一出來，竟然鎂光燈閃成一片，照得他頭昏眼花，四肢發麻。

「哎喲！這個不是醫生啊！搞錯了，搞錯了！」一位記者後悔道。因爲李傑的手術衣已經脫掉了，再加上他的樣子跟一個主刀的名醫相差太遠，怪不得記者這樣說。

這個記者的話讓那閃耀不停的燈光立刻熄火。眾位記者的熱情也都消退下去，一個個又回去等待消息。

李傑正愁如何擺脫這些討厭的記者，沒想到這群傢伙竟主動放過了自己，他在心裏對老天感謝了一番，但並不是所有人都不知道李傑的身分，一直焦急等待在外面的趙秘書可是認識李傑的，李傑就知道這個傢伙要問什麼，於是，不等他開口就走到他身邊搭著他的肩膀告訴他手術成功了，並讓他去告訴這群記者。

趙秘書對李傑千恩萬謝，李傑不僅保住了陳書記的命，也保住了他趙秘書的前途。感謝一番後，他就跑去向媒體公佈關於手術的事了。

李傑覺得胳膊上的傷口已經不痛了，手部的感覺似乎也在恢復，但以一個醫生的眼光來看，他的手感覺的衰退絕對不是一個偶然。

難道感染了？李傑心想，現在必須去處理一下，除了感覺能力在下降和疼痛外，他並沒有其他的症狀，如果不是給陳書記做手術，恐怕這麼細微的變化，李傑還不會注意到。

他很想去做個檢查，但是災區的傷者和患者無數，野戰醫院剛剛搭建起來，沒一會兒，就已經有很多傷病員了。他也不好意思就這麼點小傷去專門做檢查。

傷口表面看起來沒有什麼事，或許是外傷引發的感覺不靈敏吧！李傑越想越覺得有可能，但轉念一想，他又覺得恐怕是自己多慮了。

想開些，他便覺得心情好了很多，現在道路打通了，各種救援隊員都來了。他已經很久沒有睡覺了，似乎應該找個地方休息一下！

可是上天似乎跟他作對一般，那些記者竟然迅速地從趙秘書口中得知李傑就是這次主刀的醫生，於是拋棄了趙秘書，一個個如蝗蟲般將李傑圍住。

在中華醫科研修院第一附屬醫院，院長正在辦公室裏吞雲吐霧，享受著個人的空間，正在他要飄飄欲仙的時候，卻傳來一陣敲門聲。

醫院裏是不讓抽煙的，作爲院長，他在這裏抽煙，雖然沒有人敢管，但是形象上不好，於是他趕緊將煙頭扔掉。

院長煙頭還飛在半空中冒著縷縷青煙，那敲門的醫生卻已經推門進來，興奮地叫喊著：

「院長，打開電視，李傑上電視了！」

地震災區的情況牽動著每個人的心，不能夠來災區的人只能靠電視來了解災區的情況。特別是那些有親戚朋友在災區的，媒體成爲了解災區的重要途徑。

院長剛剛想呵斥這個沒有禮貌的傢伙，但聽到李傑上電視了，立刻慌了起來，問道：「是不是這小子闖禍了？」

「沒有啊！他救了人。正在接受採訪呢，現在直播！」冒失的醫生說完又跑去別的科室報信，就好像是他救了人立了功一般。

院長一聽，原來是好事，第一附屬醫院的醫療隊自從去了災區，他就沒有放心過，因爲去的醫生都是一群熱血醫生，醫術上還可以，但應變能力卻不足。

第一附屬醫院的醫生們本來就一直在關注災區的人民，這次李傑竟然上了電視，哪有不看的道理。

「李傑還是老樣子啊！好像又黑了！」一個醫生調侃道。

「看樣子累壞了，他胳膊好像受傷了，還貼著東西……」

在災區的那一邊，李傑正面對著攝影機接受採訪，他覺得有些不習慣。當然不是害羞，他只是不習慣面對著空洞的攝影機說話而已。

「請問陳書記手術怎麼樣？」一個氣質典雅的女記者問道。

「很成功，已經脫離危險了！」李傑淡淡地回答道。

「他是如何病倒的呢？」記者再次問道。

「我想你們應該去問問這裏的群眾。陳書記是一個好書記，長期勞累，心情過於激動！心肌梗塞並室間隔穿破！」

「你有多大的把握讓他恢復呢？」

「百分百！」

李傑的話在外行人聽來似乎是一種自信，但電視前第一附屬醫院的醫生卻都愣住了。

院長更是捶胸頓足，李傑果然如他所料闖禍了，心肌梗塞並室間隔穿破這樣的手術誰能保證百分百成功呢？你就算是技術高超，但是眼前這個人身分非同一般，如果有一丁點錯誤，不是讓人笑話？

「請問，你是中華醫科研修院第一附屬醫院的醫生麼？」

「不能算完全是，我只能算中華醫科研修院的學生，我還在實習……」

當院長看到李傑說正在實習的時候，他終於崩潰了，於是乾脆把電視關了。讓一個實習生去給病人開胸做手術，簡直是瘋了。

他覺得這次鬧大了，病人痊癒還好，如果死了，不僅僅是李傑，他這個院長也得完蛋。

實習生？記者有些不敢相信自己的耳朵，現在是現場直播的，剛剛說的話已經播了出去，他趕緊給攝影師打了個手勢，將畫面調轉到自己身上。

「感謝這位醫生對陳書記的救治，讓我們祝福陳書記早日康復！」

採訪到此結束，李傑的話其實還沒有說完，他想通過這次電視的直播說出自己的Bentall手術的經歷，上次媒體陷害他，他一直沒有能夠給自己正名。

可這個記者竟然自作主張地停了！好事竟然突然變成了壞事！

「哎！你怎麼能就這麼結束，我還沒有說完！」李傑鬱悶地說道。

這位漂亮的女記者白了李傑一眼說道：「你闖禍了還不知道麼？如果不是我跟你們院長

有交情，我肯定讓你全說出去。」她說完就轉身走了。

李傑看著這位好心的記者，想發怒卻又怒不起來，這下又是禍患，但也不好說。陳書記的手術恢復是最重要的，他剛誇口說百分百，當然是誇張，這個世界上沒有百分百的事情。

手術成功了，沒有人會關心他是一個實習生，但如果失敗了，他可就慘了！

這是一個昏暗凌亂的屋子，順著透過窗子的陽光，可以見各種包裝袋、食物殘渣等生活垃圾堆得到處都是。這樣的屋子，就算是遠遠看到都會讓人覺得聞到了臭味，覺得噁心。

屋子的主人卻對此不以爲然，他胖胖的身軀陷在沙發裏，邊吃著零食邊看著電視。看到高興的時候，他還會像一個孩子般拍手叫好，傷心的時候也會多愁善感地掉眼淚。

破舊的房門「吱」的一聲被推開，一個三十多歲金髮碧眼的人走了進來。他衣著講究，如果你仔細觀察，會發現他穿的都是世界頂級的名牌。他出現在這樣低矮雜亂的地方，實在讓人吃驚。

他對於這個屋子的雜亂也是無可奈何，只能將無限的怨恨發洩在一個罐頭盒子上。罐頭盒被他使勁一腳踢開，滾出去好遠，裏面竟然飛出兩隻蒼蠅。

金髮青年對這個恐怖的屋子無奈了，捂著鼻子說道：「安德魯！你快別看了！你這該死的屋子也應該收拾一下吧！」

「你打擾了我的寵物，你看他們都害怕地飛走了。阿瑞斯，你要賠償我，幫我買一個月的食物吧！我要艾買克思魚子醬、路易十八比薩餅……」安德魯說道。

阿瑞斯對這個胖子無可奈何，這個胖子吃著世界上最奢侈的食物，卻住著比豬圈強不多少的破爛房子。

他就是這個屋子的主人，這是一個體重超過三百磅的人。很少曬太陽的他，臉色看起來有些慘白。一般的胖子通常都看不出年紀，他也是這樣，所以他總是說他只有二十八歲。

名字叫阿瑞斯的金髮青年踮著腳躲過屋裏的重重障礙，終於走到了胖子的沙發邊。他知道，這個胖子別的東西不收拾，但是沙發卻是很乾淨，同時還有他身上也乾淨，因爲他太胖了，天熱的時候，只有洗澡能降溫。

「安德魯，你快點起來，我們有任務了！我們要去地震災區。等完成任務，做什麼都可以！」阿瑞斯坐下說道。

胖子很顯然不滿意阿瑞斯跟他擠在一個沙發上，但只能在心裏罵他幾句。他向沙發的另一端挪了挪自己肥胖的身軀，說道：「我不去，我剛剛完成任務，現在是休假時間！我的假期才剛剛開始，動畫片我還沒看完呢！」

阿瑞斯一把搶過遙控器，將電視轉了個頻道。大胖子安德魯一向好脾氣，但此刻卻怒了，吼叫道：「你給我調回來。我不要去那該死的地方！我一個研究遺傳學的，我去能幹什麼？我不去！我要看我的動畫片！」

「你看看，你看看這些難民！你忍心麼？你再看……」

「別動別動，你看這個！這個傢伙在說什麼！」

阿瑞斯以為他打動了安德魯，於是坐在他旁邊拍著他的肩膀說道：「你果然還是深明大義！」

「你看看這個小子，他最多二十三歲，竟然做了這麼強的一個手術，而且還是一個實習生！」安德魯驚歎道。

阿瑞斯撇撇嘴不屑道：「這有什麼？我們見過的天才還少麼？我們『生命之星』還缺少年輕優秀的醫生麼？」

「我決定跟你去了，這個小子我們一定要拉他進來！」

「就他？不過一個心肌梗塞加上室間隔的穿透而已，還沒有資格！」說著，他感覺到有些不對，於是繼續道，「啊！安德魯，你需要讓保羅給你看看心理疾病，你這個心理變態的傢伙！」阿瑞斯說著已經跳了起來。

「你才是變態，你忘記了，這個小子叫李傑，就是保羅提起過的人！他就是做出超級難度手術Bentall的人！而且病人還是他的母親！」

「他的母親？我的天啊！他如果不是一個機器。那麼他就是一個擁有著神一般心理素質的人，不過也可能是禽獸！走了！我們現在啓程！無論怎麼樣，這樣的天才有資格加入我們的隊伍！」

「是的，我相信保羅這個傢伙會高興瘋的！」

第 三 劑

生命之星的邀約

阿瑞斯看著李傑疑惑的樣子，站起身從書架上拿下一個藍色的水晶雕塑，繼續說道：
「這就是『生命之星』。你看它交叉的六條臂的圖案，象徵著六種組織的精神：
探索、謙卑、憐憫、公正、誠實、堅韌。」他喝了口茶水繼續說道，
「『生命之星』的成員，必須具備這六種精神，需要有對醫學難題的探索精神，
取得成績時要記得謙卑，對於弱勢的患者要有一顆憐憫的心，
對所有的患者要一視同仁做到公正，同時要誠實。
不能為了利益欺騙患者，最後，還需要堅韌，
作為一個醫生必備的精神還有堅忍不拔，永不放棄！」
藍色的六角星似乎有著無窮的魔力，將李傑的目光牢牢吸引。
「探索、謙卑、憐憫、公正、誠實、堅韌」，
這的確是一個真正的醫生所應該具備的。

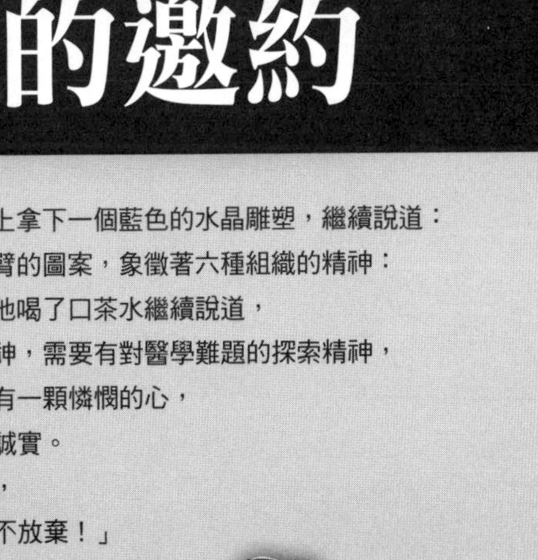

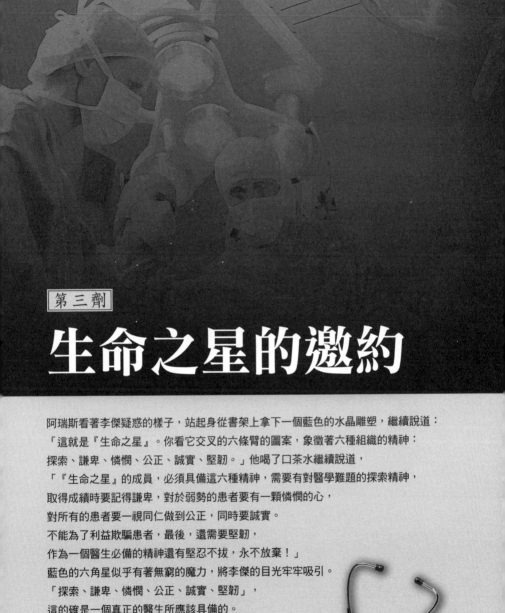

地震震驚了世界，來了不少國際人士支援。世界性質的醫療機構當以國際紅十字會最有名氣，幾乎世界上所有的地方只要有戰爭、有災難，就會有它的影子。其次，就是無國界醫生組織。除了這兩個大組織外，還有很多規模比較小、名氣上也小很多的組織，還有一些甚至根本就沒有人知道，比如「生命之星」這樣的組織。他們規模雖然小，但是它的實力卻不差。

「生命之星」這個組織只邀請頂尖的醫生加入，如果你在相關領域的水準達不到世界頂尖級別，是不能加入這個組織的。「生命之星」講究的是獨立，講究追求醫學相關領域的最高水準。他們與其他的組織不同在於他們不接受任何人的資助。

「生命之星」有錢，他們很富有。「生命之星」的成員想要的就是將最優秀的醫生聯合起來，破解最困難的醫學難題。

李傑不知道他已經被星光籠罩，此刻他正倒在地上睡覺。他實在太累了，剛才又鬧出了實習生給患者開胸做心臟手術的麻煩事。

石清看著熟睡的李傑，只能搖搖頭，她總是不能明白李傑到底在想些什麼，他有的時候很聰明，有的時候卻很傻，但仔細地想想，他似乎裝傻的時候多一些。她正思考間，卻又來了新的傷患，於是她再次投入工作中去。

李傑此刻正在做夢，他夢到自己的手沒有知覺了。手臂廢掉了！拿手術刀沒有感覺了，更可怕的是，摸美女也沒有感覺了！

「啊！」李傑大喊一聲，然後被嚇醒，胳膊真沒有感覺了！李傑恐懼地使勁甩了甩胳膊，沒感覺了，不過，一會兒又好了，原來是睡覺的時候壓麻了！

這一睡已經到天亮了，他睡得很舒服，這一覺將這幾日的疲勞一掃而光。李傑伸著懶腰走出帳篷。現在，天氣已經晴朗了，柔和的陽光讓人感覺很舒服。

李傑昨天的一番話讓ＢＪ這支醫療隊成了同行們的話題。醫院竟然派出實習生去給陳書記做手術，而且還狂言百分百成功。

作爲同行，大家都清楚李傑的實力，對於那些流言當然堅決回擊，口水仗也成了地震救災醫療隊閒暇時的生活調劑。

李傑對於這些傢伙們的口水仗根本不感興趣。他們都是因爲在災區工作壓力太大了，持續的高強度勞動讓他們精神高度緊張，不找點話題來說，是會崩潰的。

其實大家都是沒有惡意的。不過是相互玩笑而已，作爲醫生，他們都知道，李傑給陳書記做的這個手術，難度很高。可以成功地走下手術台就已經證明了他的實力，至於術後的恢復可就要看天意了。

李傑活動了一下身體，現在精神不錯，胳膊似乎也沒有什麼問題。他應該去野戰醫院看看陳書記了，不知道他恢復得怎麼樣。

不過，在這之前還有一件事要做，那就是去看看他的「小青石」。李傑一直在忙，忙得昏天黑地的，他覺得對不起她，這個因爲自己才來到災區的「小青石」。

其實他只猜對了一半，石清來這裏不全是爲了他，還有一部分是爲了救災。

李傑悄悄走到石清的後面，擺出一副痛苦的樣子有氣無力地說道：「醫生，我不行了！快來救救我。」

石清以爲真的有病人不行了，一轉頭，卻撞到了李傑的懷裏。李傑則順手一抄，摟住她的細腰，將她抱在懷裏。

兩個人之前的身體接觸不過是牽手而已，石清是一個很保守的人，這次撞到李傑懷裏，羞愧至極，臉上泛起陣陣紅暈，掙扎著想要逃走。

「你不是病得不行了麼！怎麼還這麼有力氣？放開我！」

李傑看著嬌羞的石清，心中泛起無限的憐愛。這個爲了自己來到災區的「小青石」這幾天累壞了，憔悴多了。

「我病得不行了，你是醫生，一定要給我治，我是相思病，想你想的。」

「臭無賴，你就知道欺負人，快放開吧！還有病人呢！」

李傑本想索取個吻再放開她，可他發現周圍的一些傷病員都在笑著用異樣的眼光看著他們。這個吻怕是索不成了，他也不著急，憑藉他的無賴手段，機會多的是。

「嗯！我這個病是一輩子的事，以後再治療也不遲啊！我們去看傷病員吧！」

「哼，誰跟著你一輩子啊！」

「是啊！你跟我在一起就不用給我治療了！」

李傑說完，嬉笑著跑開去了。石清在深恨李傑無賴的同時，也感覺到一絲歡喜一絲甜蜜。

此刻，一個病人側著頭嘔吐著，可是卻沒有吐出什麼來，因為他的胃早空了，除了胃液沒有什麼東西。

這是一個大腿損傷的傷者，股骨骨折，傷口被嚴密地包紮著，可從繃帶可以看見大量滲出的血液。

多年的臨床經驗告訴李傑，這個傷者肯定有問題，他沒有道理嘔吐。走到他的跟前，李傑用手在他額頭、頸部各摸了一下，是高熱、脈搏過快！患者精神萎靡，表情冷淡。

「是發燒了麼？」

「不完全是！還不清楚！給我剪刀！」

李傑本來還在跟石清嬉笑，此刻碰到了傷者，立刻變得嚴肅起來，石清也是一樣，馬上進入工作狀態。

李傑接過石清遞給他的剪刀，將傷者大腿部的綳帶剪斷，扯掉綳帶，傷口顯露出來。

石清看到傷口，感覺胃部不住地翻滾，她在醫院待了這麼久，從來沒有看見過如此可怕的傷口。

傷口周圍腫脹明顯、呈淡紫色，各個大小不等的水泡頑強地凸出。

李傑剪刀倒持，如匕首一般握著。他對著傷口的肌肉輕輕地刺下去。剪刀刺入傷者傷口中，但傷者卻一點反應也沒有，似乎剪刀沒有刺在他身上一般！

李傑收起剪刀，看著疑惑的石清解釋道：「傷口內肌肉壞死，你看已經變成土灰色了，猶如煮熟的肉。沒有彈性，正常肌肉受到刺激應收縮出血的。」

「那他有沒有救？」

李傑並不答話，將剪刀遞給了石清，找了一副手套戴上，又轉身面對病人。他用手指輕輕地擠壓傷口周圍的腫脹部位。

石清也好奇地湊上去看，她發現有少量的氣泡從傷口逸出，並有稀薄、惡臭的漿液樣血性分泌物流出。

突然一陣惡臭襲來，她從來也沒有聞到過這麼噁心的氣味，差點吐了出來。

「隔離吧！再檢查一下其他病人！」李傑說道。

「難道是傳染病麼？他還有救麼？」石清問道。

李傑還沒有說什麼，卻有人搶答道：「當然有救，不過是個氣性壞疽病！」這個人很高，但讓人印象更深刻的是他那胖胖的身軀。

他取出一個碩大無比的口罩扣在臉上，瞇著小眼睛走了過來。李傑與石清疑惑地對望了一眼。這個胖子哪裏來的？他們好像都不認識。

這個胖子就是安德魯，他的身後還跟著帥氣的阿瑞斯，不過這個胖子實在太顯眼了，大家也都沒有注意到阿瑞斯。

氣性壞疽病所散發的惡臭已經將周圍的醫生們都吸引了過來，不過，他們現在更感興趣的不是氣性壞疽病，而是這個碩大無比的胖子，只見他伸出香腸一般粗的手指，在傷口的邊緣使勁一按，然後大家就聽到了「啊」的一聲。

這是傷者痛苦的叫聲。

「你看，這麼診斷多容易。快點靜脈注射大劑量青黴素和四環素，隔離病人，準備手術吧！」

「請問你是？」一個醫生終於忍不住問道。

「你們不用感謝我，我叫安德魯，我不會告訴你們我是做什麼的，但是我可以給你介紹我身後這個傢伙，他是貝勒醫學院最爛的教授阿瑞斯。」

阿瑞斯對安德魯怒道：「閉嘴，你這個死胖子。別丟人了！」他然後用古怪的漢語對醫生道歉，「大家看出來了，他腦袋有點毛病，不要怪他。」

眾人倒抽一口涼氣，這些醫生們都不是井底之蛙，阿瑞斯和安德魯兩個人的名字這些人都是知道的。

貝勒醫學院的阿瑞斯曾經在《柳葉刀》雜誌發表過一篇神經系統研究文章，震驚了醫學界。這個看似白癡的胖子則更是厲害，他就是大名鼎鼎的一本關於基因的有名教科書的作者。

在中國如果能夠在頂尖的雜誌上發表文章，那這醫生就可以安逸地帶學生、作報告了。如果能跟那個胖子安德魯一樣，成爲世界頂尖大學教材的作者，那就更不得了，可以稱爲國寶！

這裏不知道他們倆的也就只有石清和李傑了，石清本來就是學藥物的，自然不用說，李傑最討厭研究基礎醫學，而且他對人名不敏感，特別是男人的名字。

「我沒聽清楚他們的名字！」石清悄悄問李傑道。

「邪惡的胖子是阿瑞斯，那個猥瑣的瘦子是安德魯！」

李傑自以爲很小的聲音卻讓兩個人聽得一字不漏。

「笨蛋，我是安德魯，你看準了，我才不是那種猴子模樣的阿瑞斯！」大胖子怒吼道。

阿瑞斯不像安德魯那麼氣急敗壞，他優雅地走到石清身邊，行了一個標準的紳士禮，溫柔地說道：「美麗的小姐，我是阿瑞斯，中國朋友都喜歡叫我貝勒！」

這兩個人的表現讓在場的多數人都以爲他們是騙子，世界頂尖的天才醫學家怎麼會是這樣的兩個人，一個像花癡，一個傻傻的。

「別猶豫了，先轉移病人，做隔離，滅菌！」李傑說道。

氣性壞疽伴隨有大量的細菌，傳染性很強。傷者必須隔離，就連他用過的東西也必須燒毀或者消毒。

這是震後災區最嚴重的疫病，其他如鼠疫、霍亂等還可以治療，壞疽基本上可以宣告傷者殘廢，如果不能積極治療，幾乎可以致人死亡。

這個傷者除了氣性壞疽病外，還有骨折傷，而且傷肢各層組織均已受累，病變的肌肉分解成的各種有毒物質與各種病菌產生的毒素進入血液，已經嚴重損害了肝臟、腎臟的功能。病人同時出現了血毒症的早期現象。

「啊哈！該我們的小醫生顯身手了，那邊就是野戰醫院！對這個傷者截肢麼？」大胖子安德魯調笑道。

一般情況下，截肢是這個傷者最好的選擇，因爲他的病情嚴重程度已經達到了截肢的標準，但是李傑的表現卻讓大家吃驚。

「不！我要保住他的腿！」

李傑如果真的不經過考慮就做了截肢，他覺得可能是自己這一輩子最內疚的事了。醫療工作者要全心全意爲傷者著想，能避免對身體的損傷就一定要避免，這才是一個真正的好醫生。

傷者被隔離在野戰醫院的一個專門的單間裏，現在他已經倒在床上，並且出現深度昏迷。他並不知道他的大腿已經對他的生命構成了嚴重的威脅，同時，李傑也不知道這個手術也已經受到「生命之星」兩個成員的關注，會成爲李傑能否加入這個組織的一個考核標準。

野戰醫院外，艾雅一改穿那一塵不染白衣的習慣，穿起了軍裝，不過她的表情依然是那麼冷冷的，彷彿孤傲的雪蓮花，讓人不敢輕侮。

在聽說李傑是一個實習生的時候，她就憤怒了，一個實習生怎麼能做手術！而且術後的陳書記到現在還沒有清醒，她想找李傑算賬。

她後來冷靜一想，雖然李傑名義上是個實習生，但是他的技術確實有目共睹，她自己也看到了。一個實習生就能做出這麼精彩的手術，實在是難以置信！

今天大家的注意力都集中在了陳書記身上，可她卻更關注那個氣性壞疽傷者，傷者現已經在隔離病房嚴密地被監護著。目前正在準備手術，但這個手術卻不是氣性壞疽病常見的截肢治療手術。

她想去那個隔離病房看看，她想知道李傑到底怎麼治療這個氣性壞疽傷者，如果不截肢，那只能將病變的肌肉等組織全部去掉，可是她卻聽說傷者還有股骨骨折，傷口損傷程度也很高！

她思考的時候，卻又看到兩個奇怪的人在一起嘰哩咕嚕地說著她聽不懂的外語。一個是巨大的胖子，那身肥肉幾乎要爆炸一般，還有一個是很帥氣的男人，金髮碧眼，唇紅齒白，臉上始終掛著迷人的微笑。他們正是安德魯和阿瑞斯。

阿瑞斯護著手中的三明治對安德魯吼叫道：「死胖子！這是最後的一個三明治了！不能給你。」

安德魯卻是一臉的笑，對於阿瑞斯的憤怒一點不在乎。他從兜裏掏出一塊白色的手帕擦了擦油膩的嘴巴，然後說道：「阿瑞斯，你真是小氣。我就吃你一個三明治你還這樣！枉費你我多年的感情啊！哎，難道我們的感情連一個小小的三明治都不如麼？」

阿瑞斯對於他那副可憐的樣子，可是一點兒同情都沒有，他對安德魯控苦道：「還一個小三明治，我一共準備了四份，你自己就吃了三份，這個我是留給李傑的！難道你不知道麼？」

「你少騙我，你還有兩個！」

「那是給李傑和他女朋友的！」阿瑞斯恨恨地道。

安德魯擺出一副明白了的表情，然後又裝出一副可憐相說道：「下次讓飛機多送來些吧！這裏的伙食太差了！」這次阿瑞斯的父親送來不少好吃的，很多都是他喜歡的，同時也是頂級的奢侈食物。

阿瑞斯白了他一眼，鄙夷地說道：「我寧可把錢都捐給災區也不浪費在這上，我已經告訴我爸爸了！不要再送這個給我！」

安德魯搖了搖頭，看來以後只能在腦海中回味美味了。

「有防毒面具麼？我想去看手術！」安德魯說道，他知道這種病的氣味是一般人難以忍受的！

「真是謝謝你們的慷慨解囊，不過這裏只有口罩！」剛走過來的李傑說完這話也不管他們倆，轉身去準備手術了。

兩個人對望一眼，只能歎口氣跟著去了。

一般醫生一輩子也很難遇到一次這種壞疽病，但是在這樣的災區，卻可能成為一種嚴重傳染疫病，這是一個嚴重威脅災區人民生命的疾病！

治療這種病最好的設施是高壓氧艙，但是野戰醫院現在沒有這種設備。那東西太笨重了，在運輸條件有限的情況下，不可能運來。

現在只能給病人呼吸純氧了，雖然效果不是很好，但也比沒有強。病人的手術一刻也不能耽誤了。這種手術沒有人喜歡做，其中一個重要原因就是氣味太難聞了，但是李傑作為一名合格的醫生，他不能夠挑剔。

無影燈下，李傑再次披上手術衣，迅速進入狀態。

一個人如果失去了一條腿，那麼他的下半生無疑將是悲哀與痛苦的。

「我會想盡辦法保住你的腿！」李傑在心中說道。只要這個手術在理論上有成功的可能，他就會將這個理論上那微乎其微的機率無限地擴大。

這個病人傷勢嚴重，他傷口中的肌肉被破壞得很厲害，這樣的手術李傑也是第一次主刀，能不能成功，其實他也沒有完全的把握。

手術刀在無影燈下飛速地移動。

安德魯看著李傑的手術，不住地點頭，他小聲對阿瑞斯說道：「他對病變區把握得很好，很難想像，他竟然不用影像學方法來檢查。真不知道他是如何把握的！」

「很厲害。就憑藉這種對身體瞭解的能力，可以超越他的人不會超過十個！病人大腿內應該還有壞氣體，看他如何能找出來！」

「那是你認識的厲害人太少，我肯定能找出十個比他厲害的人來。」

「閉嘴吧！看看這個傢伙還能給我們什麼樣的驚喜！」

手術台上，無影燈下的李傑在猶豫，病變區還有一個皮下氣腫區，這個區域他已經發現了，但是卻不好切開，上方的肌肉並沒有壞死，如果魯莽下刀，那脆弱的沒有壞死的肌肉可能就此報廢了。

李傑在考慮如何能夠避開這個健康的區域，同時又能將下面的壞死部分清理乾淨。艾雅現在甚至都看不明白李傑的這個手術，氣性壞疽病本就是個難得一見的病症，少數病情輕微的只需要高壓氧艙就能治療，多數嚴重的一般就是直接截肢了，這樣對肌肉進行清理的實在太少了。

李傑終於找到了最後這一刀的位置。這個口他決定不在皮膚上切，而是選擇從其他開口區域的肌肉中橫切過來。

李傑那看似雜亂無章的切口，其實每一刀都是經過深思熟慮的，每一刀都有他存在的道理。他最終的目的就是將壞死肌肉清理乾淨。

利刃游走，宛若游龍，壞死的肌肉不斷被剝離，健康的肌肉流出的血液似乎在證明著它的生命力。

安德魯覺得自己快要死了。他只聽說過氣性壞疽病味道很強，但是沒有想到戴了三個口罩還無法阻擋住這種氣味。

「阿瑞斯，我不行了，我要走了！堅持不住了！」安德魯說道。

「你看，李傑比我們想像的還要厲害，你看見他的刀了麼？多麼漂亮！我已經決定了，以後我的研究成果如果用在臨床上，我一定要讓他來給我主刀做臨床實驗！」

「我不管了！你欣賞吧，我再不走，以後就沒有辦法吃東西了！」

其實其他每個人都受不了，但都在堅持著。李傑沒有功夫去想這件事，這個超高難度的手術需要膽大心細和對人體組織無比的瞭解。手術中不能切除病人的健康肌肉，不能碰到大血管，更不能弄傷了神經。

所以每次下刀，都像是在賭博。隨著手術的進行，他越來越進入狀態。他下刀的頻率越來越快，助手甚至都來不及擦拭完血液。

一直堅持著的艾雅和阿瑞斯已經看呆了。從手術，他們看到了李傑的自信，沒有超強的技術他是不會這麼幹的。

艾雅卻沒想這麼多。她只知道這個「庸醫」的水準遠遠超越了她，特別是他用刀的技術，那手術刀似乎有自我分辨能力一般。阿瑞斯在看到李傑拿了最小號的彎刀時就退出了病房，在他眼中，手術已經結束了，因爲他已經知道手術成功了。

放下手術刀，李傑鬆了一口氣，自己已經盡了最大的努力，病人能不能站起來，就要看他術後身體的恢復情況了。這個病人還是年輕人，如果不出現意外的話，按他的估計，以後走路的問題應該不大。

災區缺水，特別是乾淨的飲用水，因爲地震的破壞，自來水系統都被破壞了，井水也因爲地殼的變化而多數枯竭。現在能用的多是雨水，雖然這幾天一直在下雨，但真正積攢的水卻不多，主要還是因爲能夠裝水的容器太少了。

出了手術室，眾位醫療工作者就在找水洗澡，但是水這麼寶貴的資源不好找，現在就連大家喝的水，基本都是用漂白粉消毒，然後再高溫煮沸後的雨水。

雖然水資源寶貴，但他們依然獲得了一次寶貴的洗澡機會。這種手術不洗澡是不行的，就算不管身體的氣味，身上也有太多的病菌。

李傑洗過澡出來，身上依然有那股壞疽病帶來的臭味，同時還有消毒水的味道。因爲水少，他們都被噴了大量的消毒水，消過毒才去洗澡。

這裏水那麼少，洗澡只能節約著洗十分鐘，而且還只洗一次。條件艱苦，大家也只能忍著了。

李傑忍著臭味出來，卻發現阿瑞斯竟然一副很囂張的樣子站在那兒。這個金髮碧眼的帥哥阿瑞斯竟然換了一套衣服，那牌子分明是阿瑪尼。

在這裏，有世界頂級的三明治吃，衣服髒了還有名牌換，這個傢伙也太奢侈了。李傑走到他身邊嗅了一下，果然沒有臭味。最可惡的是，他還發現那是POLO的香水味道。

「阿瑞斯，你真是會享受，你怎麼不回到美國大城市裏去，你這個傢伙竟然跑到地震災區來奢侈生活，那些水、食物能捐贈給受災群眾多好！」

「你這是誤解我了，我不過是這樣的生活習慣了而已，再說我這些都是用我自己家的錢買來的，並沒有用別人的錢！」阿瑞斯委屈道。

「那讓我去你那洗個澡如何？」

「我正想邀請你去！」

阿瑞斯臨時的住所是一輛巨大的豪華房車，同時隨行的還有幾輛運送物資的大卡車。附近幾位工作人員在不斷地忙碌著，看到李傑兩人到來，都熱情地打著招呼。

「阿瑞斯，我記得你說過你受雇於一家私人醫療隊啊！誰能雇傭你這麼有錢的人啊！」

「你誤會了，我來這裏不是爲了錢，我是來幫助這些受災人民的，那雇傭關係不過是一個幌子而已。」

李傑也不再多說，眼前這個阿瑞斯明顯是個富家子弟，不過具體到什麼程度還不明瞭，李傑想探明情況，打算讓他捐點錢。

阿瑞斯心中又是另一種想法，他對於李傑的技術已經認同，但讓李傑加入「生命之星」

的話他還沒打算說。畢竟這個組織從創建到現在還沒有一個中國人，這個組織在中國的知名度也不高，不知道李傑會不會答應。

在這裏，能好好洗一個澡是奢侈的享受，李傑足足洗了兩個小時，皮都洗掉了不知幾層，最後感覺沒有氣味了才出來。

李傑洗過澡，換了件阿瑞斯送給他的衣服，坐在沙發上喝著阿瑞斯為他準備的熱茶，他感覺這幾天從來也沒有這麼舒服過。阿瑞斯的這個房車裏，各種用具一應俱全，恐怕地震災區就數他這裏最舒服了。

「洗完了。感覺怎麼樣？」阿瑞斯笑著問道。他本以為李傑會握著他的手感謝他，然後就會問他擁有如此優越生活的秘訣。可是他想錯了，李傑的回答打死他也想不到。

「我覺得很傷心，我覺得我很不是東西！」李傑擺出一副痛苦的表情，看了看阿瑞斯又繼續說道，「我們這些救災人員這樣洗澡，而受災的群眾不少人好長時間沒有喝過水了！」

「別擔心，救災的物資不是馬上就要到了麼？」

「遠水怎麼能解近渴，你這些水是用淨化設備淨化的雨水吧！我看不如把你這些淨化的水捐贈出去一點吧！」

「嗯，就將整個車隊與物資都捐贈出去，除了這個房車！」

李傑沒有想到阿瑞斯竟然如此慷慨，他不過是一個外國人，在李傑眼裏，他也不是什麼名人，就算他捐一美元也沒有人會說他的不好。

「真是太謝謝你了！」李傑這句感謝話可是無比真誠的。

「這些本來就是我打算捐贈的，你不用謝我！你們這些第一批趕到災區的救援人員才是最讓人佩服的。」

「我們現在就去給他們送水吧！」李傑說完就要往外走。

阿瑞斯趕緊拉住他說道：「先等等。現在水用得差不多了，等儲水車裝滿再走。」

「李傑，我想知道你是怎麼看待醫學的，我聽說你剛剛畢業，不知道你有什麼打算呢？」

李傑覺得阿瑞斯這個問題有點奇怪，但也沒有多想，於是如實回答道：「救人是我的理想。讓所有的人都看得起病，無論貧富。也許你會笑話我幼稚，會笑話我的理想！」

阿瑞斯或許不能理解，因爲他生在富人家庭，就算當醫生的時候，他也是在最大最好的醫院，他們的國家能去他所在醫院看病的，都是公費醫療的或者有醫療保險的。他很少接觸窮人，更不能理解看不起病的痛苦。

「我的理想跟你不同，我想突破目前醫療技術的瓶頸，將一些所謂的絕症消滅掉！」

李傑感覺到一絲悲哀，他們兩個人這看上去似乎有些幼稚而又美好的願望很難實現。李傑想讓所有窮人看得起病，以當時的條件來看，那簡直是天方夜譚。阿瑞斯消滅所有絕症的想法也好不了多少。

阿瑞斯以爲李傑不相信他的話，於是又繼續說道：「我想，你應該知道國際紅十字會、無國界醫生組織吧！」

「是啊！他們對世界各地的人道主義援助讓人敬佩。」

「雖然有些地方做得不好，但他們的確讓人敬佩，還有一個組織叫做『生命之星』。你一定不知道。」

阿瑞斯看著李傑疑惑的樣子，站起身從書架上拿下一個藍色的水晶雕塑，繼續說道：「這就是『生命之星』。你看它交叉的六條臂的圖案，象徵著六種組織的精神：探索、謙卑、憐憫、公正、誠實、堅韌。」他喝了口茶水繼續說道，「『生命之星』的成員，必須具備這六種精神，需要有對醫學難題的探索精神，取得成績時要記得謙卑，對於弱勢的患者要有一顆憐憫的心，對所有的患者要一視同仁做到公正，同時要誠實。不能爲了利益欺騙患者，最後，還需要堅韌，作爲一個醫生必備的精神還有堅忍不拔，永不放棄！」

藍色的六角星似乎有著無窮的魔力，將李傑的目光牢牢吸引。「探索、謙卑、憐憫、公正、誠實、堅韌」，這的確是一個真正的醫生所應該具備的。

李傑注視了這個六角星很久，就在阿瑞斯以爲李傑被徹底吸引住的時候，李傑卻說道：「星星中間的蛇，還有權杖是什麼意思？」

阿瑞斯差點暈倒，他以爲李傑動心了。沒想到他是對這個感興趣，於是又解釋道：「這個權杖是再生之仗，蛇在神話中是可以重生的，牠每蛻皮一次就是一次重生！」阿瑞斯解釋完，又繼續說道，「『生命之星』的成員都是世界上頂尖級的醫生。我希望你能加入進來！」

「頂尖級？你沒有開玩笑吧！阿瑞斯你太抬舉我了，恐怕我實力不夠！而且我還不知道『生命之星』平時都做什麼工作，不會跟紅十字會一樣到處做人道主義支援吧！」李傑雖然認爲自己技術不錯，但卻沒有狂妄地認爲自己達到了頂尖。另外李傑不想加入紅十字會，出去援助固然是好事，但是他的理想卻是先解決國內看不起病的問題。

「我們不會強迫成員做任何事情，你是我們第一個中國籍成員，我們打算給你做個歡迎儀式，大約後天吧！在ＢＪ市的一個酒店！」

「等等！後天？我不反對加入。但是我後天又怎麼能回ＢＪ！」

「是啊！就是後天，難道你不知道你被調走的事情麼？你是作爲陳書記的專職醫生去

ＢＪ的。你不用擔心……」

阿瑞斯自顧自地說著，李傑卻一點也沒有聽進去，他根本不知道自己要被調回去的消息。手術結束以後，他就跑到這裏來，消息還沒有傳到他的耳朵裏。

第四劑

離開災區的痛心決定

在場的每個人都餓得發暈，但沒有一個人肯多領一些食物。
他們僅僅取了一丁點，少得可憐的一點。
軍人們趕來的時候，每個人身上都有乾糧，但是卻全部讓給了當地的受災群眾，
現在他們又一次想將這寶貴的食物節約出來，讓給群眾。
看著幾個軍人同吃一個蘋果，分喝一瓶水，災區的群眾也是一樣。
他們每個人也都只取一丁點。
李傑覺得自己想哭，他不想離開這裏，不想做「逃兵」。

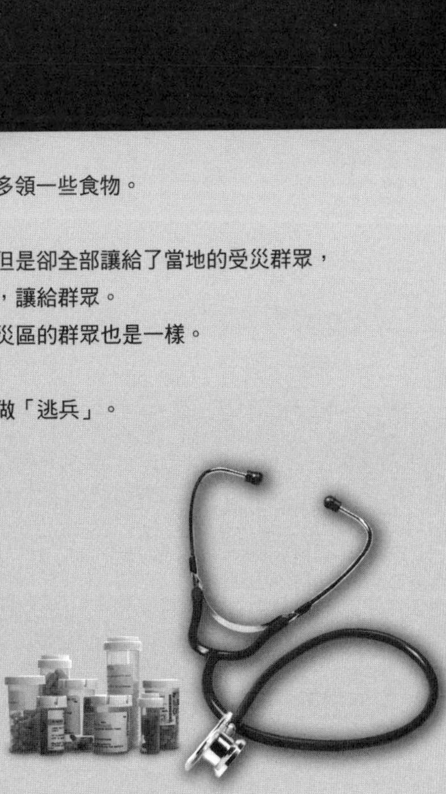

地震災區的環境艱苦，但是救災人員卻沒人覺得累。這裏餘震不斷，救災人員、受災群眾也沒有逃離，他們依然冒著危險在解救自己的鄉親和同胞。

李傑也不想當「逃兵」，但命令卻下來了，他必須作爲專門照顧陳書記的醫生一起離開。當然，離開災區並不代表不能爲受災群眾作貢獻。

其實，他最放心不下的是石清，她是爲了自己才來到這裏的。

「阿瑞斯，我們去給他們送水去吧！這件事以後再說！」李傑說道，他現在想的是，既然必須離開災區，就趁著這個時候再多幫災區一點忙吧！

阿瑞斯邀請李傑的目的已經達到，而且淨化水也弄得差不多了，於是也同意了李傑的要求。

地震災區的缺水，最開始兩天還不是很明顯，但隨著救災人員的增加，儲備水的減少，飲用水變成了更加珍貴的資源。

身處災區的人民喝水都是按照計畫來進行的，每個人都是配給定量的水，誰也不能保證手裏的水喝完了，下一批水肯定會到來。

這次地震災害，受到傷害最深的就是震區的受災群眾，但是最苦最累的卻是救災的軍人。

送水車先是開到了距離最近的第一中學，李傑的救災行動幾乎都是在這裏。現在第一中學的救災工作已經接近尾聲。韓超營長所率領的軍人們正在做短暫的休息，或許這次休整後又有巨量的任務在等著他們。

韓超跟那些軍人一樣，長時間高強度的救災讓他到達了極限，顯得疲憊不堪。

李傑跳下汽車走到韓超這個讓他敬佩的軍官面前。這是一個能跟士兵同甘共苦的，一個真正爲人民的軍官。

「韓營長，給你們送水來了！還有食品！」

「謝謝你了！先給那些受傷群眾吧！我們還頂得住！」韓超嘴裏雖然這麼說，但誰都看得出來，他們其實頂不住了。

「水和食物都很充足，放心吧！」李傑說完又招呼大家來取。

可是沒有一個人過來，雖然他們都很餓、很渴。他們都在看著自己的營長，韓超想了一下，下了命令，這些軍人才來領取。

阿瑞斯這也是第一次參與救災。他生於富裕的人家，對於節約沒有什麼概念。所有來領取水和食物的軍人他都是能給多少給多少，毫不吝嗇。

在場的每個人都餓得發暈，但沒有一個人肯多領一些食物。他們僅僅取了一丁點，少得可憐的一點。

軍人們趕來的時候，每個人身上都有乾糧，但是卻全部讓給了當地的受災群眾，現在他們又一次想將這寶貴的食物節約出來，讓給群眾。

看著幾個軍人同吃一個蘋果，分喝一瓶水，災區的群眾也是一樣。他們每個人也都只取一丁點。李傑覺得自己想哭，他不想離開這裏，不想做「逃兵」。

「中國的軍人真是好樣的！我從來沒有看見過這樣的軍隊，李傑你們國家所有的軍隊都這樣麼？」阿瑞斯感歎道。

「你去別的地方看看不就知道了！走吧！C市還有很多地方需要水。我們把這些東西送到災區救援指揮中心，讓他們分配吧！」

災區救援中心沒有因爲陳書記突然病倒而亂套，各種工作依然井井有條，而且現在指揮救災的新領導也已經趕到了災區。

車隊在開往災區指揮部的路上，不斷地派發著水和食物，慢慢悠悠地走了好久才到目的地。送物資的阿瑞斯得到了領導的親自接見。

新派來的災區救援指揮者是一個姓陸的中年人，他被任命爲搶險救災主任。他年紀不大，但精明能幹辦事老成，能頂替陳書記擔任這麼重要的職務絕非偶然。

阿瑞斯的捐贈讓陸主任很高興，他拉著阿瑞斯的手用一口純正的英語說道：「真是太感謝你了，我代表災區的人民感謝你！」

阿瑞斯有點不好意思。他捐贈的時候沒有想到這麼多，如果不是要離開這裏，也許他還會自私地用上幾天才把剩餘的捐出去。他心中雖然慚愧，但是卻一點沒有表現出來。他謙虛地說道：「這是我應該做的！」

陸主任又詢問了一些阿瑞斯的基本情況，打算以後對他作出表彰。阿瑞斯的捐贈讓飲水這個問題得到了很大的改善，這Ｃ市有一個人工湖，裏面的水還算乾淨，如果用淨水機淨化後再消毒煮沸，是可以飲用的。

他對於阿瑞斯的印象還是僅僅限於一個好心的慈善家，一個國際捐助者。他不是一個醫療工作者，對於被醫療界戲稱爲「貝勒」的阿瑞斯在醫學方面的成就並不在意。

陸主任在與阿瑞斯談笑了一會兒之後，才發現跟阿瑞斯來的還有一個人。他覺得這個皮膚黝黑的年輕人，穿得有些土裏土氣的，不過論相貌還算英俊。可惜跟阿瑞斯比起來就有差距了。他以爲李傑應該是阿瑞斯的跟班，但他還是出於禮貌，跟李傑握手問好。

「這位是ＢＪ醫療隊的李傑醫生，就是給陳書記做手術的那位醫生。」阿瑞斯插嘴介紹道。

陸主任一驚，這個其貌不揚的年輕人竟然就是李傑，於是更加熱情地說道：「當時多虧了有你啊！如果不是你，陳書記恐怕不行了！」

李傑表現得很冷淡，他在捐贈物資的這一路上，心一直都很亂。他不知道是不是應該回去。感動越多，他就越想留下，越想爲災區盡一份力。

「陸主任，我不想離開這裏！陳書記的病情其實已經穩定了，根本用不著我。」李傑突然說道。

「李傑，你要明白，你這次必須回去，你要知道，陳書記爲了災區做了這麼多，我們不能讓他有任何的閃失。」

陸主任說得很堅決，不給李傑一點反駁的機會，他這麼做自然有他的原因，一些關於政治方面的原因。陳書記已經成爲了這次抗震救災官員的代表，他是一面不倒的旗幟。

李傑雖然是一個小實習醫生，但是陸主任就認定了他，認定了這個主刀醫生陪在身邊，陳書記才不會有事。

「我能瞭解你的心情，你回去也一樣可以對災區有幫助的！」陸主任拍著李傑的肩膀說道。

李傑心亂如麻，他好不容易鼓起勇氣說出了不回去的話，沒想到直接被否決了。不過，陸主任的最後一句話讓他感覺舒服了一些，回去一樣可以有幫助。災區缺乏物資，他李傑也可以跟那個奸商粗脖子一樣運送物資，當然他是決定免費送過來。

一聲汽笛長鳴，火車呼嘯著奔騰而來，專列車廂裏躺著身體虛弱的陳書記。他此刻正昏昏沉沉地睡著，李傑等醫生卻在密切觀察著他各種生命指標的變化。

他本來是要坐飛機的，但是災區運輸能力緊張，只能先用汽車運出災區，然後轉火車回去。選擇火車的原因是火車更加平穩，而且更大的空間適合陳書記這樣的病人。

李傑站在車窗前，像一個石頭人般一動不動地盯著窗外。他這次離開得很急，只是匆匆地跟大家說了聲再見。

他不知道那個護士大姐的孩子找到沒有，也不知道刑警穆雷的孩子康復沒有，還有那位捨己爲人的英雄教師清醒了沒有，那些爲了解救災區人民病倒的戰士們好了沒有。

俗話說好人一生平安，善良的人會得到更多人的幫助，他們通常都會逢凶化吉。在熾熱的真情下，就連粗脖子那樣的奸商在最後都覺悟了。李傑走的時候，本打算給他一些錢，以免使他破產，但他卻堅決不收。

日本的醫療團也是一樣，李傑在走的時候還去探望了龍田正太和他的妹妹龍田虹野，他們兩個一直在做手術，李傑沒有去打擾他們。

這個被右翼分子洗腦的善良孩子，有了這次特殊的經歷，會對他有很大的幫助！真正見證了死亡，才會明白死亡的殘酷，才會明白戰爭的罪惡。李傑的計策或許用不上了，不用他到全國各地做兩百台手術，這個右翼分子也許就會自動向左傾斜，變成中立人士。

車廂裏很安靜，只能聽見車輪和鐵軌的撞擊聲，李傑就這麼靜靜地站著，迷茫地望著窗外，什麼也不說，什麼也不做。

車廂的另一端坐著一位軍裝女孩，她有著一頭紮在腦後的濃密黑髮，晶瑩剔透、吹彈可破的皮膚，水晶一般的眼眸，脆弱細薄的朱唇。她正是冰山一樣寒冷的艾雅。

這次送陳書記回去的醫生，除了李傑就是艾雅了，她覺得或許是上天在作弄她。災區雖然艱苦，但是她卻喜歡那裏，因為她可以看見自己喜歡的人——韓超營長。雖然他總是很忙，忙得什麼時間也沒有！但她卻不在乎。

但是沒有想到，她竟然也在這次被調走的行列中。她向上級反映過她不想離開，但是卻跟李傑一樣得不到批准。

這一路上她都在生氣，甚至將氣撒在了無辜的李傑身上，她覺得李傑這個傢伙是逃兵，是他自己願意離開的。她跟李傑說話，從來沒有好話，一口一個庸醫地叫著。李傑也懶得理她，一句話也不對她說，笑都不笑一下。

艾雅也學著李傑，看著外面的風景，但是她看了半天，卻不知道外面有什麼好看的，那是清一色的農田與防風林，也有偶爾出現的山巒。

其實李傑也不覺得有什麼好看的，他此刻正在煩。石清沒有跟他一起回來，他有些覺得對不起她。

臨走的時候，他也只能拜託那些ＢＪ醫療隊的同事照顧她了。他同時覺得煩的，還有艾雅這個女人。李傑覺得實在惹不起她，只能躲得遠遠的不說話。

火車再次鳴叫著，穿過了一個隧道加速駛去！

那位因指揮抗震救災而病倒的陳書記將轉到李傑他們醫院。院長已經忙了一天了，從最小的醫療用品的置辦，到病房的安排等等，全是他一手操辦。這是一件大事情，他這樣做，不僅是因爲這個人是領導！

第一附屬醫院接待過很多名人，但這次比較特殊，因爲全國人民都在關注著陳書記。這次如果有一點差錯，對醫院的名聲都是一次重大的打擊。

院長忙碌也不都是爲了這個原因，陳書記的事蹟他也大概聽過一些，他是真心佩服這位爲人民鞠躬盡瘁的好官。既然他轉到了第一附屬醫院，那爲什麼不多爲他做點什麼呢？

此刻，該準備的也準備得差不多了。他看了看錶，覺得時間也差不多了，於是打了電話派遣救護車去火車站接人。

ＢＪ的火車站是世界上最繁忙的火車站之一，天南地北的人在這裏聚散。在這裏，什麼奇怪的人都有，什麼奇怪的事兒都可能發生，但是派救護車來接人還是很少見到。

李傑一直不喜歡救護車的聲音，因爲他覺得那聲音聽起來就好像是在叫「完了、完了」一般。

陳書記身體虛弱，此刻還戴著氧氣罩。李傑與艾雅等人護著陳書記上了救護車，在員警的護衛下，一路開到了第一附屬醫院。

隨著「完了」的聲音的結束，第一附屬醫院到了。李傑顧不上跟這些關心自己的同事們敘舊，他直接將陳書記送到外科大樓，那裏早已經爲他準備好了特護病房。

李傑又回到了第一附屬醫院，感覺是那樣的熟悉，這裏沒有那遍地的碎磚瓦，沒有失去親人的悲哀。相反，這裏是歌舞昇平的盛世，但是李傑卻怎麼也高興不起來。

「大家準備好了，輕點。」李傑指揮著眾人將陳書記輕輕搬到了床上，然後便連接各種監視生命指標的儀器。

正當大家都在忙碌的時候，出現了一位不速之客。這是一個穿著白大褂的傢伙，胸前沒有醫生標牌，那副流氓的樣子，很顯然不是醫生。

這個傢伙就在大家不知不覺中溜了進來，又不知道從什麼地方摸出一支錄音筆，偷偷地伸到陳書記面前，問道：「陳書記您好，請問您現在感覺怎麼樣？」

李傑正在全神貫注地對患者進行身體檢查，沒有注意到這個傢伙什麼時候進來的。聽到聲音，他才看到伸到患者面前的錄音筆。

「出去，病人身體虛弱，不能接受採訪！」李傑冷冷說道。

記者發現陳書記的確沒有精神，身體很虛弱也不能說話，於是又將錄音筆伸到李傑面前，輕蔑地問道：「你就是李傑吧！我是東晚的首席記者，問你幾個問題。」

「滾出去！」李傑對這個囂張的記者動了怒。

「你怎麼說話呢？你知不知道我是誰啊？告訴你……」

這個自稱爲記者的人還想說什麼，卻又聽到李傑冰冷地道：「滾！」

這記者什麼時候受過這麼大的氣，在他眼裏，李傑不過是個小小的醫生，沒有什麼了不起的。他卻忘記了自己不過也是一個小小的記者，更加沒什麼了不起的。

他還想囂張，卻發現自己的胳膊被架了起來。

看護房裏都是野戰醫院的醫生，除了醫生的身分，他們也是軍人，雖然算文職，但立志上戰場報國的軍人們對於平時的體力訓練也不馬虎，他們要把一個人弄出去也不難。

少了那隻煩人的蒼蠅，李傑繼續做他的工作。他這個人一天到晚嘻嘻哈哈的，很少生氣，但這記者卻讓他忍無可忍。這個記者態度囂張，而且不顧病人健康狀況，竟然未經允許就闖入特護病房。

艾雅沒有想到李傑這個溫順得跟兔子一樣的傢伙也會咬人。她驚訝地看著李傑，看著這個脾氣不太好的「庸醫」。

「怎麼回事？陳書記沒事吧！」院長沒一會兒就聽說了這件事情，趕緊跑過來看看。

「沒事，院長，我希望你能維護好這個醫院的正常秩序，上次的那個弄錯血型的護士，還有這次到處亂闖的記者！兩次都差點要了人命！」李傑這話表面上是提醒，實際上卻是挖苦。饒是老江湖的院長，此刻臉上也是青一陣紅一陣。

李傑說完後，也不管大家的目光就又對艾雅說道：「走吧，記者在等呢！」然後頭也不回地走出特護病房。

從災區跟李傑一起過來的野戰醫院的醫生或許認爲李傑做得很對，但是第一附屬醫院的人卻都爲李傑捏了把汗。

院長的爲人誰都清楚，他是一個獨斷專橫的人，而且他還很要面子，得罪了他那是既得罪了難纏的小鬼，又得罪了老閻王，沒有一個人會有好下場。

院長對於李傑無非出於愛才，所以一直都很關注他，什麼事情都由著他，但李傑今天卻觸及了他的底線，這無異於當眾抽了他一個耳光。他現在要認真地考慮一下，對李傑做出一個重新的評估。

李傑剛剛走出特護病房，他的師兄就跟著跑了出去。他一直覺得李傑是他的一個好兄弟，是在醫院裏對他比較好的幾個人之一，他不能眼看著李傑被院長踢出去。

李傑走路很快，他小跑著才能跟上，他走在李傑後面好心勸慰道：「李傑，你去跟院長道個歉吧！你又不是不知道他的爲人！」

「不去，我又沒錯。」

「這次如果他想害你，誰也幫不了你！你想像一下，他能當上這BJ市數一數二的大醫院的院長，你當是偶然麼？如果他願意，你不僅僅在這個醫院，在這個城市你都沒有辦法混了！」師兄著急道。

李傑突然停下了腳步，他師兄以爲李傑回心轉意了，他剛要鬆一口氣，李傑卻拍著他的肩膀說道：「謝謝你！師兄，你是我的真心朋友！不過，如果他真不讓我立足，我會自己走！這個世界不是只有這一家醫院，也不是只有這一座城市！」

師兄呆呆站在那裏，他覺得李傑瘋了，他這是在自毀前程，但是自己卻又說服不了他。

「你還挺有血性的麼！如果這家醫院不要你了，你來我們一三九野戰醫院吧！」艾雅一直跟在李傑身邊，將所有的話都聽了個明白。

不知道怎麼回事，她突然覺得李傑沒有那麼討厭了，於是對他發出了邀請。

李傑看了她一眼，那水晶一般清澈的眼睛滿是真誠，但他卻沒有回答，繼續向醫院門口走去。

ＢＪ的夏天是乾燥悶熱的，而且多蚊蟲，但就是這麼一種環境下，門口卻聚集了很多的記者。

現在全國的目光都集中在了中華醫科研修院第一附屬醫院的門口，他們希望知道爲國爲民的好幹部陳書記的消息，他們希望聽到陳書記平安的消息。

這些記者跟那個囂張的記者不同，他們在聽到消息以後，就一直很本分地聽從醫院的安排等在這裏。

在門口的記者群裏還有那個囂張的記者，他雖然放出狠話來，但實際上他不過是一個小記者，也不敢做出什麼過分的事，沒有拿到稿子的他，回去無論如何也沒有辦法交代的，所以他也只好乖乖等在門外。

李傑很討厭媒體，但是這次卻不得不跟媒體打交道，甚至跟一些喜歡造謠生事，背地裏捅刀子的記者們打交道。

一陣燈光晃得李傑都睜不開眼睛，過了一會兒，拍照的少了，李傑也適應了這個場面。不等李傑說話，記者們的提問卻開始了。

「請問陳書記的身體怎麼樣了？」問話的又是剛才那個囂張的記者。

李傑好像沒有聽到一般，對眾位記者說道：「謝謝你們關心陳書記的病情，他一直都很穩定，正如我上次所說，我有百分百的把握讓他恢復如初！」

「那您能說說現在災區的情況麼？如果陳書記不再……」

李傑回答著記者一個又一個的問題，但是他故意使壞，不再回答那個囂張小記者的問題，急得這記者恨不得跪在李傑面前求饒。

「那你回到ＢＪ又準備如何幫助受震災的群眾呢？」這個話筒遞到李傑的面前時，李傑卻彷彿中了定神術一般一句話也不說。

艾雅在背後使勁地推了推李傑，但還是沒有反應，於是她笑著搶過話筒準備幫李傑回答。這個時候，李傑卻突然恢復正常。

「我準備募集捐款支援災區！好了，今天的採訪就到這裏吧！捐款的時候，我會找聲望比較高的國際機構來幫忙，保證捐款完全用於支援災區！」李傑笑著說道。

這時，他發現人群裏有一個熟人，那個因爲幫自己而丟了工作的記者趙致。於是，他撥開人群向前跑過去。

他一直覺得自己很對不起他，從那天以後，李傑找了他很久卻沒有找到他。這次碰到他，李傑不能讓他就這麼走了。

趙致站在記者群裏，卻感慨萬千。他覺得自己這二十多年都像是白活了。小時候，他就是一個品學兼優的好孩子。他帶著父母的期盼，老師的嘉獎，同學的羨慕，一步步上初中，上高中，考上大學。在大學裏，他當幹部、拿獎學金，一樣都不少。

可是現在呢?現在他趙致，被大家認爲是天之驕子的趙致，竟然混得如此落魄。他因爲上次馮有為跳樓的那個報導丟了工作，心高氣傲的他從來沒有想過自己會失業，但在多次面試碰壁以後，他接受了失業這個事實。

他不敢告訴家人，每天他都在找工作，然後失敗。他對這個世界，對自己都失望極了。他很想就這麼沉淪了，放棄了。但是他還有家人，他時刻告訴自己要堅強，同時他也在積極地尋找著機會，一直到前段時間的地震發生。

他想親赴災區，將地震災區的所見所聞一點點都寫出來，只有這樣，他或許有翻身的機會。

地震災區卻不是誰都能去的，他費了九牛二虎之力，也還是停留在了BJ。天無絕人之路，就在他以為自己的這次機會就這麼完了的時候，李傑又給了他希望。趙致一直覺得上次報導沒有幫上忙，有些對不起李傑，也不知道自己應該如何去找他。

最後他想出了一個辦法，就是混在記者群裏面，讓李傑看見自己，如果他裝作不認識自己，那麼自己就回去吧！如果他來找自己，那麼，說明李傑還是認他這個落魄的朋友的。

他站在人群裏的時候，很是擔心，李傑或許是他翻身的唯一希望，如果李傑真的不理他，他可就沒有什麼希望了。

說趙致很幸運，不如說他很有眼光，他交了一個好朋友，一個沒有忘記他的朋友。

李傑認出了他，主動過來和他打招呼。他拉著趙致直接跑到街上的小飯店裏。兩個人許久未見，先是一番噓寒問暖，幾杯酒下肚，才聊入正題。

「李傑，我這次還是求你幫我！」趙致實話實說，也不拐彎抹角。

李傑放下筷子，看著趙致說道：「我猜測，你想要專訪？你想回報社？」

「沒錯，我在這裏跌倒了，我要爬起來！現在大家最關注的就是陳書記，我希望你能幫幫我！」

「沒有問題，過兩天我還要做一個準備，想募集一些捐款支援災區。到時候也是你的機會！放心吧！來，咱們今天是不醉不歸。」

從地震災區回來的時候，李傑就一直在想做點什麼。他不能就這麼當一個什麼也不做的「逃兵」。

現在，他的計畫就是募捐，當然，想要募捐，以他一個人的能力肯定不行，他畢竟資歷淺，對很多東西都不是那麼熟悉，他還要找人幫忙才行。

他想到了借用他是陳書記的首席醫生的名聲來號召大家捐款。讓他感覺到高興的事是，報紙上的消息跟李傑預想的差不多，作爲大家最關心的事情之一，陳書記的病情成爲了頭版頭條。這次震災讓全國上下空前團結，此刻人們關注更多的是災區的事所帶來的感動。

今天對於李傑來說，應該是一個重要的日子，他已經決定加入「生命之星」。阿瑞斯和安德魯兩個人早已先他一步回到了BJ市，並且安排了歡迎儀式。很湊巧的是，儀式舉辦地點已確定在凌雪瑩他們的酒店。

對於「生命之星」，李傑談不上喜歡，也說不上討厭。這個組織的精神得到了李傑的贊同，同時這裏有很多厲害的醫生。醫學這個東西，相互學習相互交流是很重要的事，這個組織有助於大家互相學習，取長補短。

李傑今天起得很早，沒有受到昨日酒精太多的影響。

李傑現在要做的第一件事是去另一個組織——紅十字會。

紅十字會是一個遍佈全球的志願救援組織，在全世界組織最龐大，也最具影響力，除了許多國家立法保障其特殊地位外，在戰爭和自然災害時，國際紅十字會也常與政府、軍隊緊密合作。

中國紅十字會的總部大樓不是很顯眼，李傑如果不是從別處打聽到這個消息，他現在還不會知道，這個著名的組織竟然在這麼一個不起眼的小地方辦公。

因爲震災的緣故，這裏變得繁忙擁擠，電話鈴聲、各種呼喊聲混成一片，紅十字會的成員們忙碌得沒有一個人注意到了本就不起眼的李傑。

李傑整了整自己的衣衫，走到接待處問道：「請問……」

「如果捐款去……」接待處的小姐業務熟練，不等李傑發問就將她知道的全說出來了。

「我想見這裏的負責人，我有很重要的事情！」李傑嚴肅地說道。

接待處的小姐看了看李傑，想了一下後，撥通了負責人的電話，在得到肯定的答覆以後才告訴李傑地點。

ＢＪ是一個大城市，中國也是一個大國，但是這個辦事處看上去很可憐。不過，紅十字會在災區的救援隊規模卻不小，他們組織了很多中國的醫生作爲志願者搶險救災。

這裏的負責人很忙碌，不斷地重複著接電話與打電話的過程，李傑在他面前足足等了半個小時才跟他說上第一句。

「你好，我叫李傑，是一名醫生，我想爲地震災區作點貢獻……」

這個負責人跟接待處的小姐一樣沒有耐心，他不等李傑說完就打斷道：「我們不需要志願者！」

「我是要捐贈，並不是要當志願者！」

「好吧！你做個登記，把你的資料，還有要捐款的數目寫給我！」負責人說著將一張表格扔給李傑。

李傑對這個傢伙的盛氣凌人有點惱怒。不過，他一想，這個傢伙也許是忙瘋了，現在都是在爲受災的群眾忙碌，大家要相互諒解。

平復了心情以後，李傑繼續說道：「我不是要捐款……」

「你剛剛不是說捐款麼？不捐款來這裏幹什麼？出去！」這個負責人有些惱怒地道。

「請你放尊重點！我這是爲了災區的人民想做點捐贈的事，你沒有權力趕我出去！」李傑冷冷地說道。

這負責人一愣，仔細地打量了一下李傑這個皮膚黝黑的青年。他一直將李傑看成一個普通的青年，覺得他就算捐款也不過是百十塊錢的那種人。但是又一想，海水不可估量，人不可貌相，還是聽他說說吧！

「對不起！我太忙了。你說一下，你要做什麼吧！」這個負責人變臉比翻書要快得多。

「我想捐贈一些物資，比如衣物、藥品等等！」

負責人一聽，臉色立刻又變了，不耐煩說道：「我們不接受物資捐助，現在道路不通。東西不好運！要捐就捐錢！我們會統一採購，然後發放給受災的群眾。」

捐贈的物資不好運？難道用錢買的物資就好運？ＢＪ城是離災區不算太近的大城市，但支援災區的物資很多都要從這裏調運，買的和捐贈的明明都是一樣的，有什麼不好運的？

李傑覺得這其中肯定有內情，於是又問道：「那捐款，請問紅十字會需要多少組織運營的費用？」

「百分之十左右！你不捐錢就快點走吧！別耽誤我！」

「請問你們有第三方審計員、會計師麼？」

李傑的問題剛剛出口，就被趕了出來，他對這個機構的最後一絲希望破滅了。他們收取費用也就算了，憑什麼不設審計員與會計師？

走出紅十字會的辦公大樓，回頭看了看那個讓他感覺不再紅豔的紅十字。李傑希望自己的猜測都是錯的，希望他們所有的人都是公正廉潔的。

紅十字會不接受物資的捐贈，李傑還需要另外想辦法。他不想捐錢，就算紅十字會不抽取那百分之十，他也不想捐贈。

當然，慈善工作需要成本，包括必要的專案管理費和工作經費，這是不可迴避的事實。他也能理解那百分之十的營運費，這些都是國際慣例。但災區人民需要什麼，他自己最清楚。他覺得送物資是最好的選擇。捐錢，誰也不能保證這筆錢能以最低的價格買到最好的東西，然後能全部免費發放給受災的群眾。

如果缺少了紅十字會的支持，李傑的募捐計畫可能會失敗。他的想法就是憑藉陳書記的名，號召大家來為災區人民貢獻一份力量。可是，他沒有想到的是，第一步就失敗了，第一步邁得如此艱難，讓人感到意外。

下午，李傑又去幫趙致，他把自己在地震救災工作中的見聞訴說了一番。趙致雖然沒有親眼見到，但僅僅是聽李傑的講述，他就忍不住流下淚來。

一個下午的時間的講述，讓李傑又回憶起了災區，讓他更堅定了信念。無論什麼困難，他都要想辦法解決，因為災區的群眾都在等待救命的藥品與食物。

藍天酒店，這裏是極盡奢華的宴會廳，是音樂與美酒、快樂與歡笑的海洋。這個酒店李傑來過兩次，參加陸浩昌教授的簽約儀式是一次，再一次就是送龍田正太來住總統套房。

今天李傑是來參加「生命之星」為他舉辦的歡迎儀式的。他本來沒有打算參加這個儀式，他覺得，明明一件很平常的事情，卻弄得這麼麻煩。

李傑的想法卻不被阿瑞斯認可，他堅持要李傑參加這個儀式。在他的要求下，李傑換掉了那件穿了不知道多久的衣服。

阿瑞斯將他私人衣櫥裏的名牌貢獻出來，李傑還不知道，阿瑞斯是對他高看一眼。如果換了其他人，別說穿這些衣服，就是碰一下都不可以。

李傑雖然皮膚有些黑，平時看起來跟一個農民一般。那主要是他不太注意自己的儀表，今天阿瑞斯把他給打扮一番，他立刻變得不同起來。

李傑自問他曾經作爲李文育，也是一個追求舒適奢華生活的人，可比起阿瑞斯這樣的傢伙，他可差得太遠了。

阿瑞斯對這方面的研究似乎比對醫學還要熱衷，李傑覺得他可以精確到每一個細節，考慮到每一點不足。

李傑那健美的身體被新款式的衣服覆蓋，顯得時尚而不失高雅，卻又沒有做作的痕跡，體現了幽雅與實用的完美結合。這讓李傑可以步履自如地行走。

高雅的氣質，那張有些玩世不恭的帥氣面容，沒有人會覺得李傑不過是一個農村出來的剛畢業不久的學生。

阿瑞斯繞著李傑轉了兩圈，總感覺他少了點什麼。想了一下，他終於明白了，他摘下手腕上的錶給李傑戴上。這次終於滿意了。

「阿瑞斯，這樣就可以了，這個錶就不要戴了吧！」李傑對於手錶深惡痛絕，因爲他總是會將手錶弄丟。

「當然不戴這只，我給你換一個，這只百達翡麗是我的！」

李傑抬起手腕一看，自己戴的正是百達翡麗，沒吃過豬肉還是見過豬跑的。他作爲李文育的時候也算見多識廣，識人無數。這一下，他更知道了這個阿瑞斯有錢，但不知道他具體什麼身分，他居然用的是百達翡麗的定制款。這個「生命之星」能籠絡到阿瑞斯這樣既有才華又有錢的人，恐怕沒有那麼簡單。

「生命之星」這個組織的確不簡單，因爲世界上的頂尖醫學與生物學家幾乎都是它的成員，同時它又很簡單。它的規模很小，只有一百多人，甚至不如紅十字會的一個地方分支機構大。

這個組織構成也很簡單，所有的費用都是依靠會員的捐助。這個組織每年的活動首先是做一些人道主義救援。但是它卻從來不直接出面，都是以匿名的形式來支援。其次就是，這個組織的成員在一起做學術交流和度假。

第五劑

最後一刻的贏家

楊威跟趙超兩個人感到絕望，這次生意的競爭無論如何是失敗了！半價的誘惑沒有人會拒絕。
「我不是什麼慈善家，楊威，楊總經理才是！」魯俊聽到了趙致對李傑說的話，得意笑著。
這話在楊威耳朵裏卻是變了另一種調子，他的鑫龍集團被魯俊搶走，這次的生意又被他破壞。
自己辛辛苦苦所做的一切都成了別人的嫁衣，怎麼能不讓人氣惱！
魯俊看著憤怒的楊威，依然微笑著，緩緩說道：
「性格決定命運，氣度決定格局！你總是這麼沉不住氣，拿什麼贏我啊！」
這個世界到處都是戰場，不到最後一刻，你永遠不知道誰是贏家。

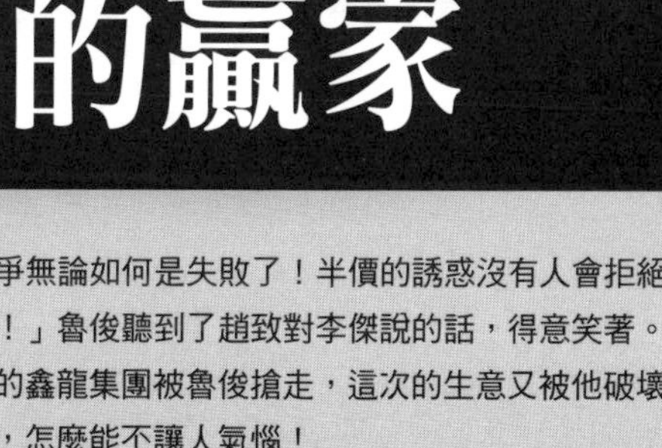

夏日的早晨，到處是明媚的陽光，到處炫耀著五顏六色，到處飛揚著悅耳的鳥叫蟲鳴，到處飄蕩著令人陶醉的香氣。

凌雪瑩很喜歡夏天，她喜歡夏天的生機勃勃，喜歡夏天的陽光明媚，雖然BJ的夏天更多的是燥熱。

當一個酒店大廳經理，這是一般人很羨慕的職業，其實各種苦楚只有她自己知道。酒店各種事情總少不了她，她每天只能休息那麼一小會兒。

今天她剛剛安排好了一批客人，又交代了服務生各種工作。沒有新的客人，她終於可以休息一會兒了。

能休息的時間最多一個小時，所以她哪兒也不能去。她最多就是看看報紙。她跟大多數人一樣很關心最近的地震災情。剛剛坐下打開報紙，頭版頭條，她就看到最關心的消息，同時她也看到了她一直在關心的人。

就在思緒萬千的此時，她得知一群來自世界各地的人將在酒店聚會的消息。她又得忙碌起來了。

當藍天酒店的會場佈置完畢後，作爲大廳經理的凌雪瑩鬆了一口氣。

儀式舉行的時候，閱歷豐富的凌雪瑩很感慨，她從來沒有見過這樣的聚會。這裏的人來自世界各地，各種膚色的人都有。

這還不是最讓她驚訝的，最讓她不敢相信的是，她竟然看見了李傑，那個皮膚黑黑，笑容有些無賴的李傑。

今天名義上說是李傑的歡迎儀式，事實上，這也是一次聚會。大家聚集在這裏既是因爲震災，同時現在這個季節也是很多醫生度假的季節。

會場佈置得奢華無比，在正中央擺放著一個藍色水晶的六角星，中間是一個白色的再生之杖。這些都是阿瑞斯設計的。在「生命之星」裏，阿瑞斯自認是最有藝術細胞的人，會場總是由他來佈置，同時也總是他拿著話筒來活躍氣氛。

「親愛的朋友們！今天，我爲『生命之星』帶來了一位新的成員！讓我們以熱烈的掌聲歡迎他吧！」

這個世界跟李傑作爲李文育時的那個世界不太相同，很多人事都發生了變化，否則李傑肯定會認識這些人中的一部分，因爲他們都是這個世界最有名氣的醫學家或者生物學家。

熱烈掌聲過後，李傑在阿瑞斯的帶領下宣誓加入「生命之星」，宣誓內容就是遵守組織的規定，實踐探索、謙卑、憐憫、公正、誠實、堅韌六種精神。

這個儀式有點和古代的騎士儀式一般，莊重而肅穆。李傑宣誓結束以後，「生命之星」

的主席保羅將刻有名字的藍色「生命之星」勳章戴在李傑的胸前。

「恭喜你，李傑，你是中國的第一個『生命之星』成員，你來跟大家說幾句話吧！」保羅對李傑說道。

在場的所有人都在看著李傑，「生命之星」每年都會有新人加入，舉行這樣的歡迎儀式也成了一件見怪不怪的事情。

除了阿瑞斯和安德魯，李傑一個人也不認識。他清了清嗓子說道：「能成爲第一個加入『生命之星』的中國人，我感覺很榮幸。我剛剛從地震災區回來，想必很多人也都去過災區了，我在此請求各位伸出援助之手，幫一幫災區的人民！我打算募集資金捐給災區，希望你們能夠幫忙！」

大家沒有想到李傑會在這個時候說這些，先是一片安靜，然後現場爆發出熱烈的掌聲，久久不散。

在場的人大多對李傑只有初步的瞭解，知道他做過高難度的手術。如果不是安德魯和阿瑞斯的推薦，或許他們根本不會接納他，因爲僅僅這樣是不夠的。

「生命之星」除了重技巧外，更看重一個人的品德。英雄之所以強大，不是因爲他的武力，而是在於他的氣度。一個醫生所以名揚天下也不全是因爲他的醫術，還在於他的醫德。

一般來說，以名利、以享受爲最高追求的醫生，永遠不會成爲最頂尖的醫生，有著悲天憫人之心的人通常才會更容易達到極致。

李傑本有些擔心自己說這些話會破壞高興的氣氛，現在看來有些多餘了，大家很讚賞他。講完話以後，李傑充分發揮了他語言方面的才能，作爲李文育的時候他曾經去過很多國家，所以李傑現在跟這些外國人交流起來一點都不困難。

在另一邊，大胖子安德魯卻氣呼呼地對阿瑞斯說道：「阿瑞斯！這都是你的錯，他以爲我們都跟你一樣富裕！」

「你只要少吃兩次烤乳豬，節約下來的錢就夠捐了！」阿瑞斯沒好氣道。

「你看著吧！我絕對不比你捐得少！」

阿瑞斯顯然不相信安德魯，兩個人又跟平日一樣，不停地爭論起來。

李傑則在思考著他的募捐大計，其實他也是來到這裏才想到利用「生命之星」來募捐的。當他看到這些頂尖醫生的時候，他覺得這是個必須利用的資源，不僅僅是拉他們捐款，他更想借用他們的名望。

紅十字會不能用，捐錢他們還要抽取百分之十，能用的就只有「生命之星」了！

可是，李傑通過聊天發現他們雖然很有名氣，但似乎都很低調，不願意拋頭露面，就連

「生命之星」這個組織機構，外界知道的人都不多。

保羅是「生命之星」的主席，是這個機構的主要負責人。李傑的加入在很大程度上也是因爲他，世界上的首例Bentall手術就是保羅完成的。

他很欣賞李傑，但是這並不代表他會完全認同李傑。當李傑將自己的想法說給保羅的時候，他卻直接拒絕了！

「『生命之星』不是紅十字會，我們可以捐款，你可以將這些錢送到紅十字會！」保羅建議道。

「我不明白！」

「相對於紅十字會來說，我們更趨向做一個科研交流機構。明白麼？」

李傑還想進一步說服他，卻被那個大胖子安德魯拉到了一邊。

「你說這些沒有用，保羅是個出了名的頑固派，你說服不了他！明天早上你來找我，我會幫你！」

李傑看著他那張圓圓的胖臉，半信半疑地點了點頭。

如果作爲一個明星經常上報紙頭條，那自然是家常便飯。一個醫生，經常上頭版頭條成爲眾人矚目的焦點，卻是很稀奇的一件事情。

北方藥業集團的白色總部大樓，董事長趙超看著報紙，忍不住笑了起來，李傑這個名字他還記得。

那個皮膚黝黑的青年，不就是衛生廳廳長張凱想招來做女婿的人麼！銷聲匿跡一段時間，他又出現了。

他拿起電話撥了一串號碼，然後對著話筒說道：「今天晚上的會議取消！」說完，他便掛了電話，整個人都倚靠在寬大的沙發椅中。

他閉上了眼睛，大腦在飛快地運轉著，晚上的慈善募捐對北方藥業才是一個機會……

此刻，李傑則是剛剛起床，他現在頭腦混亂，整整一個晚上也沒有睡著。「生命之星」不肯出面募集捐款，就憑他一個小醫生，人家也不放心讓他做這種事。

唯一的辦法就是去找安德魯，李傑並不相信這個貌似忠厚的大胖子，但這個時候只能死馬當活馬醫了。

李傑不喜歡幹沒有把握的事情，也從不幹沒有把握的事。可是這次，他卻要完全聽從上天安排。

他有點恨安德魯那個胖子故弄玄虛，自己也不知道怎麼了，竟然鬼迷心竅地相信了這個胖子。

現在他甚至有點後悔昨天給各個媒體以及企業打電話宣佈今天募集震災資金的事情，雖然陳書記同意他的做法。

當找到安德魯的時候，他更加後悔自己相信了這個胖子。

這一大清早，李傑敲開了安德魯的房門。他發現這個一身肥肉的胖子穿著一條巨大的短褲，正在運動。

李傑說他做運動，那也實在是抬舉他。這個死胖子的運動就是在屋裏跳一跳，其實說抖一抖肥肉更爲準確點，因爲他的腳基本上都不離地，只能看見他身上一圈圈像輪胎樣的肉在上上下下抖動。

這樣簡單的運動，對於這個大胖子來說也是艱苦異常，那渾身上下抖動的肥肉讓安德魯汗流浹背。

「李傑你來了！等我再運動一會兒！」安德魯喘著粗氣說道。

李傑忍著笑，點頭示意他繼續。這個傢伙上下亂抖著肥肉，自己玩得不亦樂乎，卻不知道有多難看。

安德魯沒有跟「生命之星」的其他醫生住一起，他自己住在一套老房子裏。這裏裝飾簡單樸素，除了書架也沒有別的東西能引起李傑的興趣了。

李傑一眼就看到了書架上的那顆藍色的星星，它與昨天頒發給李傑的星星是一樣的。在星星旁的是一本名叫《基因》的書，作者的署名是安德魯，這基本上是所有醫院研究生必備的教材。

李傑再回頭看看那個運動中的胖子。他實在無法將這個胖子和這本書的作者聯繫到一起。

一個傻傻的胖子，居然是一本大名鼎鼎的教科書的作者！

「李傑，我已經聯繫好了一個，是『卡馬克基金會』。他們接受援助物資，同時不收取任何費用就可將物資送到災區！」安德魯停止了他抖動肥肉的運動，坐在椅子上喘著氣說道。

李傑一聽，立刻高興了起來，卡馬克基金他也聽說過的，這是一個國外富豪建立的基金，很多慈善領域都有它的身影。它是世界上口碑最好的慈善機構之一。沒有想到這個胖子還真深藏不露，竟然能聯繫上卡馬克基金。

「還等什麼？我們快走吧！」李傑興奮道。

「等我把早飯吃完！」

安德魯說著，變戲法般地擺出一桌子的早飯，然後，李傑就看見那香腸一般粗的手指變得靈活無比。他吃相很斯文，細嚼慢嚥的樣子與他野獸一般的外形很不相稱。

「安德魯！你能快點麼？你還說你減肥，竟然吃這麼多！」李傑看看錶，他都吃了半個小時了，於是不耐煩道。

安德魯白了李傑一眼說道：「你懂什麼！不吃飽哪有力氣減肥啊！」

李傑被他這個野獸般的邏輯震住了，再也沒有什麼語言來反駁他了，只能安靜地等他吃完。

此刻，李傑所有的擔心全部化解了。這次募捐，最怕的就是沒有一個強有力的、讓人信服的機構出面來打理捐贈的物品。

卡馬克基金的出面讓一切都變得順利。有了這個組織的支援，相信今天晚上參加捐款的人士以及企業會很放心地將錢捐贈出去。

商人以誠信爲本，誠信就是樹立一個良好的形象。沒有信譽，沒有一個良好的企業形象，那麼這個公司是沒有前途的。如何能夠在公眾心目中樹立一個良好的形象，這可是一個長期而艱苦的任務。但就是這個艱苦卓絕的任務，卻也有一步登天的終南捷徑。

這條捷徑被原鑫龍集團的總裁、現立方藥業的董事長楊威捷足先登。他親自深入災區，及時捐贈出巨額款項，加上媒體的炒作，讓立方藥業成爲了民眾心目中的醫藥第一品牌。

對征戰商界多年的成功商人們來說，眼睜睜地看著最佳時機從眼前溜過，已經足夠讓人懊惱，這次機會他們不能再錯過。

話說人生兩大美事，是洞房花燭夜、金榜題名時！李傑卻覺得這兩件事比起今天都不算什麼。今日的成功所關係的不是他一個人，而是整個災區的群眾。

捐助會上能有這麼多人來捧場，這超出了他的估計，更令他高興的是，副市長陸海也應邀出席。

雖然他是以個人名義來出席，但是卻顯得意義非凡，說明政府是支持這次募捐的。其實李傑還不清楚，陸海主要是看在陳書記的面子上才接受邀請而來的。

李傑最想邀請的是張凱，同時還有那個煩人的可愛小妖精張璇，可惜她已經走了。

這次捐贈的發起人名義上是陳書記，可是實際執行者是李傑。在捐贈會開始時，也是由李傑代替陳書記來發言。

今天他拒絕了阿瑞斯幫他選衣服的好心，李傑穿了一身純黑的西服。同時，他也讓酒店將捐贈會場做了重新佈置，整個會場以灰白爲主色調。

「此刻中華大地在哭泣，我們的同胞在哭泣！地震受災親人有不少永遠離我們而去了，在捐贈開始之前，先讓我們爲死去的同胞默哀！」

參會的眾多嘉賓沒有想到第一手會是搞這個，靜靜的悲淒的會場沒有人說話，有少數人不過是裝裝樣子，但更多的人卻是真心默哀。

凌雪瑩作爲酒店的代表參加這次募捐，她靜靜地站在人群中，爲死去的同胞們默哀。李傑給她的印象每一次都不同，似乎她每次見到的都是不同的人一般。今日李傑的一身黑色西服莊嚴肅穆，作爲一個二十幾歲剛畢業的學生，他今日的表現讓人刮目相看。

默哀結束了以後，李傑邀請了陸海講話，他畢竟是副市長，是一個政府官員。李傑覺得，雖然他是以個人身分來捐款的，但他到這裏來，還是具有某種特殊的意義，所以，他首先來講話是無可厚非的。

在熱烈的掌聲中，那些套路的官場話結束了。

在場的捐贈者們都或多或少地聽說過一些李傑有後台的傳言。這傳言說起來還得追溯到第一附屬醫院。今日，人們發現這次捐贈會竟然邀請到了很多業界名人，也更加堅信這個傳言。等陸海副市長講話結束以後，他們紛紛猜測下一位會是一個什麼樣的人物。

然而，上台的人卻讓他們大失所望。這是一個碩大無比的胖子，那一身肥肉走起路來都在搖晃。眾人看得直搖頭，在大家眼裏，胖子通常都是很蠢、很笨的。

可是眼前的這個看起來有點傻的胖子卻讓他們大跌眼鏡。他居然是一所外國著名大學的終身名譽教授，是遺傳學、傳染病學、腎病學專家，還是《基因》的作者……

在場的企業家有一些是正經醫大科班畢業生，《基因》這本書作爲世界級研究生通用教材，他們知道其中的分量。

在這個讓他們驚訝的胖子離開講台後，接下來的人則是讓他們覺得這個世界實在太小了，當今世界頂尖的醫療專家竟然大多彙聚於此。

這些人多是做醫藥行業的，對於專家們所取得的成就也都是略知一二。不像李傑，作爲醫學方面的學生卻對這些名字一點感覺都沒有。

機會，這是一次機會！這些是真正的專家，世界的頂尖學者，他們就是商機，就是指引財富的明燈。

記者們雖然不太明白這些學者那一串長長的頭銜，但他們聽到那些世界頂尖大學的名字時，就已經嗅到重要新聞的味道了。

李傑站在台上，冷眼注視著這個他一手策劃的募捐會。在場的人多是與醫療行業有關的成功商人，他們目光閃爍，那閃爍中透著拚搏、冒險與貪婪。

在記者狂熱的鎂光燈下，各位名人與大師們的演講結束了。人們以為捐款即將進行的時候，李傑卻又插入了一段節目。

在悲戚的音樂中，會場的黑色大幕拉開，投影機在大螢幕上播放著在災區錄製的影片。這些都是從來沒有公開過的。

人非草木孰能無情，眼看著跟自己一樣黑頭髮黃皮膚，說著漢語的同胞們遭受如此的苦難，即使鐵石心腸的人也會軟下幾分心來。

這段影片不是很長，可就是這短短的十幾分鐘，卻已經足夠了。李傑趁熱打鐵，再次拿起話筒說道：「我們災區的同胞唯一的希望就是我們的救援，錢沒有了，可以再賺，但生命卻只有一次！這次我將竭盡所能捐獻二十萬！」

李傑所安排的捐款會一切都是那麼出乎意料，從開場到現在，那些捐贈人的心不知不覺都落入了李傑的掌握中。

二十萬不是一個小數目，很多小企業甚至都沒有打算捐贈，可是李傑卻令人吃驚地捐贈了二十萬。

其實，李傑能拿出手的就是這麼點錢。這些錢要說的話，可以說都是灰色收入，一些是爲魯奇取子彈的封口費，一些是楊威孩子血型問題的封口費，至於李傑其他的錢，則全部投入到了藥店中了。

個人捐贈災區的第一筆錢就有二十萬，那些企業就怎麼也不好意思少捐。在這裏的很多私營企業本來沒有計劃要捐多少，他們都是本著走一步看一步的想法來的！可是，李傑的舉動使這些精明的商人們除了爲企業名聲著想以外，同時感情也被一步步導向了對災區的巨大同情中。於是，捐款的場面變得熱烈起來。

「三十萬！」

「五十萬！」

……

一筆筆充滿愛心的捐款往大一些說其實就是在挽救一個個的生命！

看到這樣的情形，李傑自己也覺得，今天有點過了，特別是最後打的這個悲情牌，但也顧不得這麼多了。這些捐款的或許本來都不打算捐贈這麼多，不管他們爲了攀比也好，真心捐贈也罷，反正李傑目的達到了。企業捐款的沒有一個少於李傑的二十萬元，捐款最多的算是那個安德魯，他果然說到做到，比阿瑞斯要高出一萬美元，他捐贈了八萬美元。

李傑開始還一直在心裏默數捐款的總金額，可到了最後，捐款實在太多了，他數不過來了。他也沒有必要數了，因爲只有一半的人捐款，就已經達到了他心目中的底線數字。

「李傑，真沒有想到你還有這一手，你還說你跟我要這個錄影帶是送給你的記者朋友的！」安德魯佯怒道。

「這裏不過是小小利用一下。我知道你也是善良的，我在這裏謝謝你，代表災區的全體同胞謝謝你的捐款！另外我沒有騙你，我把他叫過來！」接著李傑向趙致招手說，「趙致你過來！幫我證明一下！」

「算了，我還真小看你了，『生命之星』的這幫老頑固們現在還不知道你用了他們的名號『招搖撞騙』。他們很多還陶醉在這群藥商的奉承中呢！」

「還是靠安德魯大哥幫忙！小弟先謝謝！」李傑笑著作揖道。

「謝我幹什麼，難道你一直沒注意我也是黃皮膚黑眼睛麼？雖然我生在美國……不說了，我先過去跟卡馬克基金的人聊聊海外同胞物資的問題。」

李傑聽得出他話語中的遺憾，也不多問。他有種預感，以他李傑的資歷加入「生命之星」還是不夠的，如果不是安德魯跟阿瑞斯引薦，或許他李傑根本加入不了「生命之星」，也無法舉辦這個捐贈會。他顧不得多想這些，捐贈會的嘉賓很多都是他邀請來的，他不能只顧一面，現在必須去招呼一下。

趙致這個時候也跑了過來，他迷惑地問道：「你剛才叫我來幹什麼？」

李傑攤了攤手無奈地說道：「沒事了，您跟我來吧！認識一下這些富豪！」趙致其實更想去認識一下那些醫學專家的，但李傑的提議他也沒有拒絕。

同這些藥商談話，李傑遊刃有餘，他還借這個機會詢問他們的藥品價格，以便於日後採購藥品。

救災物資中，藥品是占開支最大的一部分，其次則是食品，食品李傑就不用管了，可是藥品他是懂行的人，這些東西他打算親手操辦。

精明的商人如北方藥業集團的趙超早已經看出李傑的心思，捐款是他的目的之一，他另一個目的就是買藥。

這個世界上從來就不缺聰明人，除了北方藥業的趙超，還有很多其他的老總也都在捐款結束以後待在李傑的身邊，他們一直在尋找機會。

對李傑來說，採購哪家的藥品也就是一句話的問題。只要思想偏差一點，這巨額的採購就可以使他拿到巨額的回扣。李傑很佩服古人那「貧賤不能移，威武不能屈」的精神，這次爲災區人民，他可以公正對待，下一次，他或許自己都不能確定是否有定力，不能確定自己可以在這種巨額的誘惑下堅持多久。也許再下一次，在兩個差不多的廠商中間選擇時，他就會選擇一個回扣多的。

這幾家藥廠的藥品質都過關，李傑心中已經有了底數，最後的選擇他還不能決定，或許要再看看他們的捐款吧！就當那些捐款是回扣吧！

李傑正在思考之間，卻聽到一個熟悉的聲音說道：「李傑！我來晚了！」

「楊總？你什麼時候來的！」李傑一看，這不是立方藥業的楊威麼？在場所有醫藥商人的羡慕對象。

立方藥業第一個送藥品去災區，贏得了廣大民眾的一致好評，這種好印象是做十年廣告也做不來的。

他們看到楊威的時候，就覺得自己的藥品採購計畫危險了。這個傢伙現在聲望處於頂峰，並且他的立方藥業集團的藥品在災區的評價也不錯。

「老楊啊！好久不見啊！你這次又來捐藥麼？」北方藥業集團的趙超笑著搶先跟楊威說道，他一句話就把楊威賣藥的話給頂了回去。在趙超眼裏，能跟他北方藥業競爭的對手也就是立方藥業了。

「我再捐可就要完蛋了，咱現在還不能完蛋，怎麼也要留著個健康的身體爲祖國多做貢獻不是！」楊威幾句話不但回擊了趙超，還把他自己捐贈多的事實給擺了出來。

兩個人一見面的唇槍舌劍，李傑雖然不害怕，但這樣的場合，他並不喜歡這樣的鉤心鬥角。

「一千萬！上源集團董事長魯俊。捐贈一千萬！」

整個大廳的目光都聚集在了一點，集中在那個濃眉大眼貌似蠟筆小新的胖子身上，只見他微笑著，回敬著大家的目光。

趙超與楊威兩個人都對魯俊怒目而視，他們不約而同地將自己的最大敵人定位在魯俊身上。

李傑同樣皺著眉頭，這個大哥什麼時候來的？他來這裏幹什麼，自己根本沒有邀請他！認識魯俊的人都說他是一個重義輕財的好人，就連與他有過一面之緣的人都會說他心地善良、樂善好施。但熟悉他的人卻不這麼想。在李傑看來，他就是個面善的僞君子，心狠手辣，詭計多端。如果跟他在一起，可能會怎麼死的都不知道。

李傑想躲開他，卻總是躲不了，總說五百次回眸，才換一次相會，也不知道是不是上輩子回頭太多，跟他見面這麼多次。

魯俊臉上掛著他認爲最迷人的微笑走過來。李傑不想見他，但是卻又不能不見。今天李傑是主要負責人，而他卻是最大的捐贈人。

「沒有想到這裏這麼多老朋友。不知道你們最近可好？」

趙超和楊威都不屑於理他，只有李傑回答道：「馬馬虎虎，剛剛從地震災區回來！不知道魯老闆又躲在哪裏發財呢？」

魯俊對於李傑的挖苦一點也不生氣，他聽得出來，李傑在說他利用黑社會發財。他笑了笑說道：「發財說不上，我不過是托楊董事長的福，剛剛入股鑫龍！我這是送禮來了！」

李傑發現楊威情緒激動，甚至有些氣得發抖。看來兩個人之間可能有什麼不可告人的秘密吧！

不過，結果卻很明顯，魯俊入主鑫龍，楊威被迫出走。

「李傑，捐助災區人民是我們的共同任務，在藥品上，我希望你能考慮我們北方藥業集團！」趙超這次倒也是開門見山。

楊威也毫不示弱地說道：「立方藥業也是一樣，你對我們的藥品瞭解也應該夠多了！」

李傑很爲難，採購哪家的藥品，的確是一個很爲難的問題，於是說道：「這個我會考慮的！」

「災區人民很缺乏藥品麼？我決定我的工廠將日夜全天開機產藥！並且採購賑災藥物的話，我以半價出售！」

魯俊的話再次引起現場一片譁然。剛剛捐一千萬，這次又來了半價售藥！上源集團的老總魯俊這次下了血本，今日最大的贏家看來是他了！

「李傑，這個魯俊看來真是一個大慈善家啊！介紹我採訪他一下好麼？」趙致在李傑耳邊問道。

李傑只能苦笑，這個魯俊這次肯定是虧本買賣，這種事也就只有他財大氣粗的上源集團老總能做得出來，只有在他背後的黑錢的支持下才能做出來。

楊威跟趙超兩個人感到絕望，這次生意的競爭無論如何是失敗了！半價的誘惑沒有人會拒絕。

「我不是什麼慈善家，楊威，楊總經理才是！」魯俊聽到了趙致對李傑說的話，得意笑著。

這話在楊威耳朵裏卻是變了另一種調子，他的鑫龍集團被魯俊搶走，這次的生意又被他破壞。自己辛辛苦苦所做的一切都成了別人的嫁衣，怎麼能不讓人氣惱！

魯俊看著憤怒的楊威，依然微笑著，緩緩說道：「性格決定命運，氣度決定格局！你總是這麼沉不住氣，拿什麼贏我啊！」

這個世界到處都是戰場，不到最後一刻，你永遠不知道誰是贏家。

這是楊威的偏激想法，他深深地痛恨魯俊，這個貌似忠良、內心狠毒的胖子。他恨這個現在風光無比的胖子。

李傑明明知道魯俊的錢來路不明，但他卻不知道怎麼拒絕！半價的藥品，這是無法拒絕的條件。

「那我替災區人民先謝謝魯總經理的慷慨了！」李傑笑道。

「我怎麼會慷慨，李醫生你才是真正的慷慨，你可是將全部家當都給捐了！」

李傑看著魯俊肆意的大笑，他覺得背脊涼颼颼的，這是赤裸裸的威脅，楊威偷偷送給他的錢魯俊都知道，自己的一切，明顯都被這個魯俊掌握了。

「好了，記者在等我，我先走了！」魯俊總是那麼不經意地笑著，這笑容卻隱藏著危險。

第六劑

陷阱合同

李傑正西裝革履地在等待著。

本來慈善捐款就不應該有這個簽約合同的，可是李傑卻怕這傢伙反悔，

同時也是因為楊威授意他來簽這份合同。

這可以說是一個陷阱合同，一份關於半價藥品的陷阱合同。

合同上沒有規定購買的最大限額，可是卻規定了生產期限，以及魯奇必須遵守的規定等等。

李傑的手心一直捏著一把汗水，他很緊張，他覺得這有些開玩笑，對方是誰？

混跡社會多年的混混！

自己一個小小的醫生，忤逆了他還不是死定了，更別說跟別人一起算計他了。

害怕歸害怕，這件事還是要幹的。

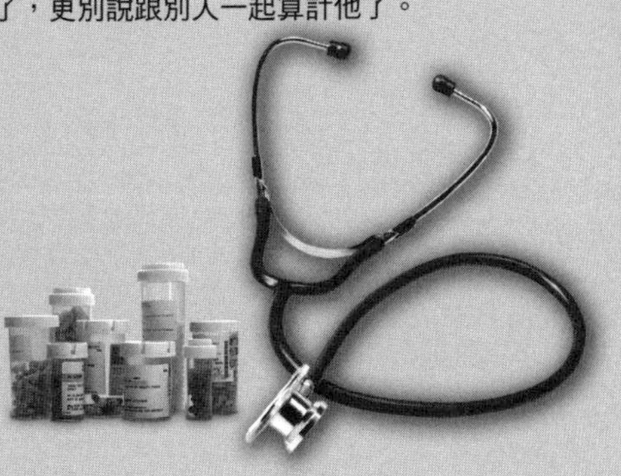

魯俊離開了，趙超和楊威覺得再待下去也無趣，便相繼離開。北方藥業是國企，不可能做虧本的買賣，他們要獻愛心也會直接這麼做。而楊威則沒有這個實力，他的立方藥業根本開不出比魯俊的上源集團更好的條件。

在場的商人們也都覺得這個藥品採購的大魚沒有了，他們都覺得魯俊的確兇狠，但不夠聰明。

他這次是虧本的買賣，即使爲名譽也沒有必要花這麼多的錢。趙致看著這些藥業大亨們離開，感歎道：「這個魯俊真是一個好人。竟然如此慷慨！」

李傑看了看趙致，只能無奈地搖頭，如果他不知道魯俊是一個混混，或許他也會同意趙致的看法。

現在大家跟趙致一個想法，都已經認定了魯俊是一個慷慨的富商。事實卻是，半價賣的確低廉，但他從大局上來說，也不會吃虧的！

魯俊會做虧本的買賣麼?他到底有什麼目的?

魯俊這次來明顯不是針對李傑，楊威才是他的目標。事不關己高高掛起，李傑懶得理他們倆的恩怨。

到現在爲止，一共募集了大約八千萬的資金。在這個物價低廉的年代，八千萬是一筆巨額的資金，如果全部購買藥品的話，可以極大地緩解災區人民的病痛。

現在募捐完畢，李傑的任務算是基本完成了，回去向陳書記彙報一下，然後就是採購藥物交給卡馬克基金。

藥物的採購已經沒有了選擇，李傑不可能跳出來說魯俊是一個混混，然後找員警把他抓走。沒有可靠的證據啊！李傑覺得楊威比自己還要恨他，而且他肯定也知道魯俊是混混，但是，不也沒有出來指證麼！

魯俊將楊威趕出鑫龍，然後他又成功入駐。魯俊與楊威本來還是一對好朋友，轉眼卻變成了這樣子。這一切的變化實在太大了。

其中緣由李傑怎麼也猜不出來，但李傑覺得那個孩子是個關鍵，但是，具體到底是怎麼回事，李傑卻還是不很清楚。

不過，這些都不重要了，這些別人之間的恩怨不是他能管的。

捐贈會上的人漸漸地都離開了，只有少數是後來趕來的。他們多是路過的，聽說有災區的募捐會，所以來捐款。

人少了，大家也都沒有那麼忙了，便開始閒聊起來。

「李傑，今天募集了不少錢啊！如果再買到那些半價的藥品，那可更是好事啊！那可是一大筆資源啊！」安德魯對李傑說道。

「是啊！聯繫運輸車輛吧！他們公司的產品很全，幾乎都不用到其他企業採購了！」李傑感歎道。

「你好像怪怪的，累了麼？你可要堅持住，現在大家都在看著你！知道麼？你現在已經成爲了中國醫生的代表！」安德魯嚴肅道。

「我？開玩笑吧！我怎麼會是中國醫生的代表，論醫術，我可不行，比我厲害的人太多了！論醫德，我更不行了，比我高尚的就更多了！」李傑擺手道。

安德魯拍著李傑的肩膀說道：「你要對自己有信心，現在比你強的人很多，但是看好你的人卻更多。包括我也很看好你。你知道麼？你加入了『生命之星』，在這一點上，你要比他們有更好的條件。」

「我能加入也是靠安德魯你的引薦啊！我還沒有謝謝你呢！」

「我的引薦是一方面，更重要的是你的實力，你的技術！我一直就想讓一個中國籍的醫生加入『生命之星』。可一直都沒有合適的人選，直到你的出現！」

李傑沒有想到自己能加入「生命之星」還有這麼複雜的原因，他還對自己能加入這個組織沾沾自喜過，以爲自己能夠達到世界第一流的外科醫生水準呢。

李傑有些不好意思，撓頭說道：「太抬舉我了，比我優秀的人太多了。」他繼續說道，「西方人對我們一直有偏見，無論《自然》還是《科學》或者《柳葉刀》，上面出現的中國人名字太少了。我們需要被承認，你就是開啓大門的鑰匙！我們想從臨床這方面入手。」

「『生命之星』的人承認了你，全世界的醫療界都會承認你！承認了你，也就是承認了中國的醫療界，希望你能夠加油！你的成功就是我們醫療界的成功！」

「這個包袱太大了，不過，我會努力的。」李傑笑著說道。

他覺得安德魯這個胖子表面看起來傻傻的，可他實際卻深謀遠慮，讓人難以揣測。李傑一直想不通他們兩個爲什麼千里迢迢特意跑到災區找他。原來這都是安德魯一手策劃的。中國的醫學不被世界承認是事實，安德魯想改變這個。李傑有些苦悶，自己怎麼無故承擔了這個責任，這是一個光榮的使命，卻也是沉重到足以讓人背負一生的使命。

「安德魯，『生命之星』的成員都在這裏，乾脆去我的母校參觀一下吧！另外，我希望能有些人演講！」

「這是保羅的事，你去跟他說吧！我想他會同意的，他可欠我一頓大餐！」安德魯平時的樣子與認真時的樣子相差太遠了。這一會兒的功夫，他又變成了那個傻胖子。

參觀這件事，李傑不過也是靈機一動想到的，這也是受了剛才安德魯的啓發。爲了祖國作貢獻麼！既然作貢獻，那就不分大小，有機會就要利用！

現在這麼多醫療界頂尖的學者在這裏，如果去中華醫科研修院進行交流，這是對醫學發展的促進，對學校聲望的提高也會很有幫助，同時，做成這件事，也可算是自己對母校的支持和報答。

李傑越來越堅定了自己的想法。這是一件好事情。「生命之星」的專家在這裏聚會，是來參加儀式的，同時也是度假。讓他們去大學做一些交流，並不會麻煩他們。

保羅在聽到李傑的話以後，有些無奈地說道：「我雖然是主席，不過，我沒有權力決定這件事，我們『生命之星』所有的活動都是自願的！你可以去說服他們！」

「保羅，那你是同意和我一起去了吧？」

「好吧！我不去，安德魯不會饒恕我。阿瑞斯也會去吧？」保羅說著，把正路過的阿瑞斯一把拉了過來。

阿瑞斯還不明白是要做什麼，一臉的疑問，在李傑給他解釋了一番後，阿瑞斯對李傑說道：「去也可以，不過，你要帶我在中國好好玩玩。」

「好吧！我答應你，我需要更多的人來加入我們！」李傑說著，決定去找其他人。

李傑仗著自己臉黑也不怕害羞，根本不把自己當外人，直接就去跟那些專家們說邀請他們去學校作報告的事。

其實，這次「生命之星」的成員一共來了幾十人，李傑並不是都熟悉，他最多只能通過名字回想他們所擅長的領域。

這次來華的成員以臨床醫生居多，基礎研究的不但數量少，且多是做傳染病等和地震有關工作的醫師！

李傑也不管別人怎麼看，反正他熱情地跟每個人打招呼，然後直接說明來意。他在說的時候都特別強調保羅也將參加，在他看來，主席參加了，這些人也都會考慮一下。

很快地，他卻發現自己的如意算盤落空了。他們沒受到任何影響，拒絕參加的也有，同意的也有。

李傑費盡口舌，一個一個地說服他們。在場的每一個人都是其所在領域的專家，能夠多邀請一個來，對學校的好處也都是很大的。

「啊！」李傑剛想打招呼，卻突然發現一個不認識的人。他的胸前分明戴著「生命之星」的標誌，可是李傑竟然不認識他，這是他第一次見到這個人。

這是一個帥氣的亞洲中年人，其儒雅的氣度頗有中國古代文士的風範。李傑不認識他，可他卻認識李傑。他說著一口流利的漢語，不仔細聽，你會以爲他就是一個中國人。

「李傑，我是龍田暮次郎！今天上午剛到，第一次見面，多多關照！」

李傑想到自己欺負龍田正太那麼多次，有些害怕這個傢伙會找自己麻煩。他心裏雖然擔心，可他也不能確定，這個傢伙是否知道自己與龍田的賭約，於是說道：「應該您多關照我這個後輩才是，我想邀請您去中華醫科研修院作報告，不知道您意下如何？」

「好的，你們照顧正太那麼多天，我也應該幫這個忙！」

李傑不知道他是說自己欺負正太，還是真感謝，心裏一陣慌亂，只能用微笑來掩飾。也許是龍田暮次郎的帶動，接下來，李傑又說服了幾個人。算一算邀請的人數，也差不多夠了，他心想，這次醫學院的馬院長會很高興吧！

想到這裏，李傑恨不得馬上去將這個好消息報告給他。雖然沒有事先打招呼，但相信學校不會拒絕這樣的好事。

不過，現在還不能去學校，他必須馬上回醫院向陳書記報告有關事情。這次募捐是以他的名義發起的，雖然向他彙報一下也只是個形式上的問題，但過程還是必須走一下的。

第一附屬醫院的特護病房裏，陽光明媚，空氣清新，並沒有消毒水的味道。整個屋子安靜得只能聽見各種生命監護裝置的嘀嘀聲。

陳書記術後恢復良好，病情都在掌控之內。冷如冰山的艾雅，此刻正端坐在床頭。她面容秀麗，即使穿著白大褂，也難以掩蓋絕好的身段。

陳書記覺得自己病得很不是時候，在這最關鍵的時候倒下了，沒有能夠繼續對災區盡力，這是他最大的遺憾。此刻，他雖然身在醫院，但是心卻依然在災區。

相同心境的還有艾雅，她也無時無刻不想著災區，特別是她最近聽說韓超營長帶領的全營官兵在執行一些危險任務，就更加牽掛了。

她很害怕總是衝在第一個的韓超會有什麼危險。雖然擔心，可她卻不斷地在告誡自己要堅強。

李傑這次募捐幹得很漂亮，但是他很矜持，得意但不能忘形，自己不能居功自傲。到了病房，李傑向陳書記彙報道：「陳書記。募集了八千萬！還有藥品的採購，目前還沒有最後定下來在哪！」

「八千萬?李傑，你幹得很好，剩下的也由你自己來決定吧！」陳書記顯然對這個巨額的數字有些吃驚，但是很快就平靜下來。

李傑在他眼裏一直就是一個小醫生，這次募捐他估計也不能募集多少錢。為了不讓這個募捐會冷場，他甚至還讓副市長陸海這樣的人去捧場。

可是李傑竟然能出人意料將這次募捐會辦得這麼成功，他覺得李傑絕對是塊料子，他心中對李傑作了一次重新的評估。

李傑早就想到陳書記肯定會把藥品採購的事交給他。如果沒有魯俊出現，李傑還會很樂意做這件事。可現在他卻爲難了。

畢竟魯俊是個涉黑的人，用他的錢，相當於幫他洗黑錢。雖然不會有事，但李傑卻總是不能安心。

「陳書記，這個……」

陳書記擺了擺手，打斷了李傑的話，繼續說道：「艾雅，你也照顧我很久了。你就跟李傑一起去辦事吧！不要老悶在這裏，會悶傻的！」

陳書記說完就閉目養神，李傑也不好再多說什麼，艾雅還是一副冷冰冰的樣子，沒有一絲表情。她跟在李傑後面走出病房。

「艾雅，來這裏幾天了，都在病房吧！還沒在這個城市玩過吧？」李傑一邊走一邊說道。他覺得這個女人總是這麼一副冷冰冰的樣子，實在看著難受。

或許熟悉能好一點罷，他心想。

「嗯！」

「我帶你去我的學校看看？」

「嗯！」

李傑雖然聽到確認的回答，以爲她開竅了，但是馬上感覺不對。於是又問道：「怎麼了？不舒服？」

艾雅依然是那副冰冷的表情，淡淡地說道：「沒有，走吧！陳書記命令我幫你，你去哪我就去哪！」

她的確很讓人感覺奇怪。女人變得奇怪無非就那麼幾種原因，根據經驗，李傑也能猜測出來一些，這個艾雅一定是捨不得離開災區，想留在韓超身邊。

對於感情的事情，自己還處理不明白，別人的也就少管一些吧！李傑心想。

李傑本想立刻去學校和醫學院的馬院長說說關於交流團的事情，可剛剛走到醫院門口，他就看到了一輛很熟悉的車。這不正是前鑫龍集團董事長、現立方藥業經理楊威的車麼。

楊威坐在車裏，他搖開車窗，只露出了腦袋對李傑說道：「等你很久了，上車吧。」

「艾雅，你先去，等我一會兒！」李傑考慮了一下，對艾雅說道，然後一頭鑽進車裏，與楊威一同坐在後排。

無事不登三寶殿，楊威肯定有重要的事情要說，而且估計和魯俊有關係，同時這也是李傑所操心的問題。

「你肯定是要跟我商量藥品採購的事情吧！除非你能開出比魯俊更高的條件，要不然，沒有辦法改變了。」李傑苦笑著說道。

「的確是這個事情，但卻跟你想的不一樣，我沒有辦法開出比魯俊更好的條件！我也不想搶他這個生意。」楊威淡淡地說道。

「那你是爲了什麼？」李傑疑惑地問道。

楊威抽出一支煙，點著以後緩緩地吸了一口，吐出淡淡青煙，繼續說道：「我要全力支持你購買他的藥品！」

李傑就更不明白了，這個傢伙這麼做到底想幹什麼？魯俊很明顯在打壓他，爲了不讓楊威賣出藥品，不惜注入血本來搶奪市場。

這次魯俊光捐款就捐了一千萬，如果再加上賣藥的讓利，實際上支援災區的錢會多出很多。用這麼多錢來打壓一個人，可見對其恨意之深。

當然，這麼多錢投入也有一個好處，那就是可以買一個好名聲，或許明日魯俊的名字前就會加上「慈善家」這三個字。

「他的底細你也知道，他這筆錢從哪裏來的你也能明白！」楊威有些激動地說道。

李傑沒有說話，只是靜靜地聽著。他其實不想捲入這兩個傢伙的爭鬥中。魯俊是一個混混，楊威這個傢伙也是摸爬滾打多年的老油條，跟他們混一起，弄不好第一個死的就是自己。

「你覺得藥物的毛利有多少？」楊威突然問道。

「百分之二十左右吧！」李傑脫口說道，這個他多少是知道的。

「所以，魯俊以半價賣給你，他絕對虧損！你也知道他的錢是怎麼來的！」接著楊威狠狠地吸了一口煙，將半截煙頭彈出窗外，繼續說道，「我只是想讓你買他的藥品，全部都從他那裏購買，其他的事你就不用管了！我還會幫你聯繫到更多的賑災資金。」

李傑已經大體明白了他的意思，這個傢伙想弄大量的資金以半價來購買藥品，資金越多，魯俊虧損得就越多。

這樣，他們兩個之間就變成了一場資金的博弈，誰的錢多，誰就能支撐到最後！錢少的只能飲恨退出這個圈子。

魯俊當然也不是傻瓜，虧多了，他自然就不會幹了，捐款這種東西全憑自願，半價賣藥救災也是這樣，如果他反悔，你也沒有辦法！更何況這個傢伙是一個混混。

楊威似乎看出了李傑的想法，緩緩說道：「只要是人，他就會有弱點，只要把握住他的弱點，就能擊敗他！我自然有辦法讓他無法違約。我只需要你放心地採購他的藥品！」

此刻，楊威那儒雅的氣質消失殆盡，面目變得有些猙獰，似乎他此刻大仇得報，正在蹂躪魯俊一般。

李傑對於他的提議並不反對，鷸蚌相爭，漁翁得利！楊威既然能弄到更多的資金，李傑也不攔著他。

而且李傑本來的計畫，就是從魯俊那裏購買藥物的。

他們兩個鬥他們的，一個是社會混混，另一個是商界大鱷，沒有一個勢力弱。

李傑再次悶聲發大財，他似乎已經看到了更多的藥品支援災區。不到最後一刻，不知道誰才是贏家呢！

李傑此刻覺得自己是贏家！身邊的楊威也覺得自己是贏家！另外一處的魯俊可能也在覺得自己是一個贏家！

華麗的裝飾，曖昧的粉紅色燈光，奢靡的音樂，魯奇此刻正沉醉在懷中女人的溫柔中。這是一個水蛇一般的女人，柔若無骨，緊緊地纏繞在魯奇身體上。同時她也是「劇毒」

無比，「毒」得魯奇神魂顛倒，使他除了懷中的尤物，忘記了一切。

「水蛇」原本柔弱修長的手指，此刻緊緊地扣在魯奇肥碩的後背上，那迷醉的眼睛似乎再也分不清虛幻與現實。那飄飄的長髮如魔鬼觸手一般，在魯奇的臉上「撫摸」著，那魔鬼般的氣味讓他狂亂……

魯奇覺得自己身體越來越差了，每次狂亂過後，他休息的時間都會變長。這次更加離譜，他覺得雙腿發軟，休息了好一陣才恢復過來。

嘀嘀嘀，電話鈴聲響起。魯奇吻了一下懷中的女人，然後不情願地起床接電話。

這是一個妖媚入骨的女人，那完美的身體纏繞著金絲羽被，若隱若現的曲線讓人欲火焚身。她的身體陷進柔軟的席夢思，嗲聲說道：「親愛的……」

魯奇覺得自己骨頭都軟了，於是對電話那頭吼道：「好了，沒有問題！你本來就是公司的代表，直接簽了就好了！」砰的一聲，魯奇掛了電話，如餓虎一般再次奔入這溫柔鄉中。

魯奇瘋狂地索取著，懷中妖媚的「水蛇」也在拚命地應和著，她那嫵媚的雙眼，除了迷醉之外，此時又另有一種異樣的光芒一閃而過。

在另一個地方，李傑正西裝革履地在等待著。本來慈善捐款就不應該有這個簽約合同的，可是李傑卻怕這傢伙反悔，同時也是因爲楊威授意他來簽這份合同。

這可以說是一個陷阱合同，一份關於半價藥品的陷阱合同。合同上沒有規定購買的最大限額，可是卻規定了生產期限，以及魯奇必須遵守的規定等等。

這是楊威專門找法律顧問寫的合同，所有的一切都是按照他的想法進行的。只要簽約，那麼楊威就可以按照自己的計畫，用巨額的資金將他的公司拖垮。

李傑的手心一直捏著一把汗水，他很緊張，他覺得這有些開玩笑，對方是誰？混跡社會多年的混混！

自己一個小小的醫生，忤逆了他還不是死定了，更別說跟別人一起算計他了。害怕歸害怕，這件事還是要幹的。

這個合同怎麼也算不到他的頭上，找麻煩的話，合同可以推脫給卡馬克基金，這是他們提供的，其中所有的一切可以歸結爲外國人的嚴謹作風。

他可以裝作不過是一個不知情的人而已，更何況魯奇雖然厲害，卻也不一定敢囂張到直接來殺他。畢竟陳書記位高權重，勢力龐大，而李傑這次則算是他的代表。

李傑坐在寬大的紅木椅子上，在閉目養神，看起來一副高深莫測的樣子。沒一會兒，他就聽見急促的腳步聲，睜眼一看，是對方的幾個手下在交頭接耳地說著什麼。

距離簽約的時間只有十分鐘了，但魯俊並沒有來，李傑不知道是什麼原因，但是感覺應該是楊威動了手腳。

他有些害怕，這個楊威別半路埋伏把魯俊暗殺了。那自己可跳進黃河也洗不清干係了。

正在李傑胡思亂想的時候，突然聽到有人說道：「李醫生，我們魯董今日不能來了，我是現任鑫龍集團的董事長兼總經理楊帆。今日的簽約將由我來代理執行！」

楊帆這個人李傑聽說過，也知道他是鑫龍的董事長，現在鑫龍的最大股東是魯俊，眼前這個叫楊帆的人則是他的左右手。

「那我們開始吧！」李傑睜開眼睛說道，他知道這個人是可以代表鑫龍集團的，他簽約也是一樣具有法律效力的。

此刻，李傑隱約感覺計畫將要成功，不但楊威算計魯俊的計畫，還有自己算計他們兩個人的計畫都即將成功。

楊威爲了對付魯俊，籌集了大量的資金，並且說服了很多其他基金和慈善組織將錢交給李傑來購買魯俊的藥品。

這其中，楊威肯定要花很多錢來辦這件事，他虧錢在所難免了！

最吃虧的好像就是魯俊了，這個濃眉大眼、貌似忠良的胖子是這個遊戲最開始的贏家，他以千萬的手筆贏得了聲譽，但是卻在這裏被算計了。如果楊威計畫成功，他的損失可不是一丁半點。

魯俊的製藥產業是他收購鑫龍以後才涉及的，但卻是他整個商業帝國的重要組成部分。楊威曾經是鑫龍的老總，他自然對魯奇的製藥產業瞭解得一清二楚。這些藥物如果大量按半價來賣，魯俊虧損的總額會是一個天文數字，同時工廠因爲生產這些虧損的藥物，他們將在很長一段時間裏無法空出機器來生產有利潤的產品。

魯俊即使不被這個藥廠拖垮，也會元氣大傷。到時候就算有他背後的黑錢來幫忙，也會麻煩很大。更何況如果這筆黑錢太多，說不定他陰溝翻船，就此崩潰也說不定。

在用派克金筆龍飛鳳舞地書寫了李傑兩個大字後，李傑與楊帆的手緊緊握在一起。簽約完成，他們便各自帶著協議回去了。

李傑覺得自己是最大的贏家，但是卻總有一些擔心，他覺得魯俊不會這麼好算計，可是他又覺得這不會出什麼岔子。

出了簽約會場，李傑將脖子上的領帶鬆了鬆，長長地出了口氣，終於輕鬆了一點。在大街上隨手攔了一輛計程車，他就直接向學校而去。

昨日在跟楊威聊完以後，李傑就直接奔向學校。李傑一直找到馬雲天院長的家裏。馬雲天一聽李傑的來意，就直接表示學校方面對於「生命之星」那些醫學家們的到訪表示萬分的歡迎。

可那個時候去得已經有些晚了，還有很多細節沒有確定。今日他再去，就是安排一下時間等等具體的細節問題，同時他回學校還因爲一件重要的事情，就是李傑他自己要畢業了。

如今已是炎炎烈日的夏天了，李傑的提前畢業準備也已經差不多了，就連最重要的論文也是在年前就早早結束了。

李傑在學校的時間並不是很長，甚至連一年都沒有，但也正是這一年的時間，卻留下了無數美好的記憶。

他想起了那個總是喜歡裝大人的于若然，還有寢室的那些喜歡胡鬧的兄弟們。

最近他總是在忙，雖然也幾次回到學校，但是都沒有找到這些好朋友好兄弟。

中華醫科研修院那幾個燙金大字印在學校大門口，學校的風格還是沒變。李傑感歎，那有些破舊的大樓，各種老化的設施，比起那些新建的學校實在差不少。

可就是這樣的一個有些老舊的學校，在各項指標的排名上卻永遠都是第一位的，其成績比第二位高出不知道多少。

早晨的校園充滿了激情與活力，中華醫科研修院的學生們一直以努力刻苦而著稱，眼前到處都是在忙碌的同學們，他們或在小亭子裏背書，或是正在上課的途中。

李傑其實不知道，中華醫科研修院的同學能如此地拚命學習，還都是因爲他的刺激。在這些同學的眼中，李傑成了一段傳奇，天才學生的光芒讓他們不得不奮起直追。

Bentall手術讓他們不得不仰視，頂住天才光環的李傑在這次地震救災中，又一次風光無限。當人們在爲人民的好官陳書記的病情牽動著心弦的時候，他們發現陳書記的主治醫生是一個二十多歲的年輕醫生。

當他們在捐款的時候再次發現，募捐的發起者竟然也是這個年輕的醫生。報紙與電視等各大媒體的報導，讓李傑在這一小段時間內成爲了一個堪比明星曝光率的人物。

李傑成了中華醫科研修院的傳奇人物，成爲了眾位同學矚目的焦點，也成了他們追趕的目標。

穿過林蔭小路，李傑直奔院長的辦公室。他其實想先去找找老同學的，可眼前的事情要緊，他只好辦完了以後再去。

中華醫科研修院的院長馬雲天此刻正在著急地召開緊急會議，其實，來幾個頂尖醫學家訪問，也不至於如此緊張。

馬雲天今天這個會議另有深意，他這次看得更加長遠。建設世界第一流的醫科大學，一直是他的夢想，眼前就是一個機會。

僅僅一次交流不能改變什麼，馬雲天想要的是長期的合作交流。現在學校跟他們差距還不小，所以現在必須學習他們。

李傑可沒有想得這麼長遠，在他眼裏，這不過是很普通的事而已，所以，當他見到馬雲天的時候，被他的表現弄得不知所措。

在馬雲天眼裏，李傑就是個寶貝，不斷地給學校爭面子不說，這次竟然又拉來了這麼多的強人助陣。

「李傑快坐，這次多虧了你！剛剛我已經佈置好了一切，就等你那邊的人過來了！我們現在把一些細節的問題再商量一下。」馬雲天說著給李傑倒了一杯茶。

李傑受寵若驚地接過茶杯說道：「馬院長不用謝我，我真的沒做什麼！這個是名單，上面寫了他們希望的時間！」

馬院長接過名單。打開以後，第一個名字赫然寫著的就是李傑！然後，他又看到，在時間標注上寫的是另行商討的字樣。

他抬頭看了看李傑，這個皮膚黝黑的小子一副不在乎的樣子，也不知道他在想什麼。不可否認，李傑很有天賦，也很厲害，但是跟這些頂尖的學者們卻有差距。

這次馬雲天的計畫是辦一個學術交流周活動，這一個禮拜的時間都給學生放假，讓他們去聽自己喜歡的項目，讓他們見識一下頂尖學者的風采。

他雖然有些爲難，但是這也是沒有辦法的事情，既然名單上寫的是這些，就要按照名單來。如果把李傑去掉，說不好會有多少名字跟他一起自動消失了。

「李傑，你什麼時候有空啊？還有你定好課題了麼？這第一個可就是你啊！」

李傑差點把剛剛喝到嘴裏的茶水噴出來。他驚訝道：「馬院長你可別逗我了，我這名字根本上不了台面！」

「可是你名字就在上面啊！你看！」馬雲天說著將名單遞給李傑。

他之前根本不知道這個名單上會有他的名字，接過來仔細一看，第一個名字不就是他李傑麼！

肯定是安德魯這個傢伙搞的鬼，李傑恨恨地想，這個名單是安德魯安排的。

再向下看去，最後一個名字果然是安德魯，這個傢伙把自己排在後面壓軸，然後又惡作劇似的將自己排在第一個！

「馬院長，這個我不知道，你不用管我！直接排就好！」李傑笑著說道，心裏卻在暗罵安德魯這個算計自己的傢伙。

「不！李傑你必須來做出場的人！」馬雲天突然嚴肅地說道，他此刻已經改變了主意！

「為什麼？我根本就沒有想過這個，更何況我根本沒有能拿得出手的東西來作報告啊！」李傑回答道。

李傑沒有什麼資料來作報告是一個難題，馬雲天用手摸了摸下巴，思考了一下說道：「沒有關係，我聽說江振南教授正在做一個研究，最近要完成了！」

「這可不行，江振南教授的研究是他自己完成的！讓江振南教授來吧！我回去跟他們說！」李傑拒絕道。

「不！這次是一個絕好的機會，你能夠與這些人平起平坐地站在演講台上，你可以想想這是一個什麼樣的情況！」

李傑想要再說什麼，馬雲天卻不給他機會，繼續對他說道：「就這麼定了，我會去跟江振南教授解釋的，你這不算搶他的研究成果，你算是他的助手可以吧！他這個研究需要一個臨床醫師，他也十分看好你，你就來擔當這個角色吧！」

馬雲天的不容置疑讓李傑無法再說什麼，他此刻也想起很久以前江振南跟他說過的這件事。

江振南教授有一篇論文是關於臨床手術改良的，但是江振南已經老了，他需要一個人來爲他完成超高難度的手術。他也說過，李傑就是他的第一人選。

「這需要得到江教授的允諾！」

馬雲天見到李傑點頭同意了，終於露出了笑容，說道：「放心吧！江教授也是我最尊敬的人！」

李傑出人意料地成爲第一個出場作學術報告的人，這讓他有點無法接受。江振南教授在他心目中是完全有實力、有資格跟那些頂尖醫學家平起平坐的。

但是他不是「生命之星」的人，身分不符合。這個交流活動還有一點，就是李傑的學生身分，這是馬雲天堅持要李傑出場的原因。

學校的實力強大與否不在於你有多麼好的配置，而是在於學校教出來的學生的能力高低，而中華醫科研修院的學生中，目前最拿得出手的就是李傑，他是個被譽爲天才的學生。但僅僅有這個天才還不夠，馬雲天需要讓李傑成爲學校真正的招牌，將李傑捧得越高，對學校越有利。

雖然說安心做研究，培養出幾個屬於自己學校的醫學大師是發展的正道，但俗話說馬無夜草不肥，人無橫財不富。有些時候，一些偏招歪招也是可以起到超出想像的效果的。

李傑本來還想去見見自己寢室的那些狐朋狗友們，可馬雲天院長的這個突然決定，讓他再次改變了計畫。

他需要立刻去見江振南教授，時間緊迫，他必須立刻研究一下這次所作的學術報告的內容。

第七劑

餘震過後

李傑早就預料到這個報告不會一帆風順，質疑的聲音肯定會有。
高調的回答是最好的方法，因為無論你怎麼回答，
只要你手術失敗，所有的結果你都是無法挽回的。
此刻只能勇敢地面對，不能退縮，就像目前地震災區的潰堤險情，
或許風險極大，但是只要盡最大的努力，最後的結果卻一定不會失望。
學術報告廳裏一片譁然，他們都覺得李傑瘋了，如果上一次說百分之百成功，
那也算了，起碼那個手術沒有難到現在這種這麼變態。
這次手術難度太大，誰也不能保證成功，李傑憑什麼這麼自信？
他覺得自己永遠會好運麼？

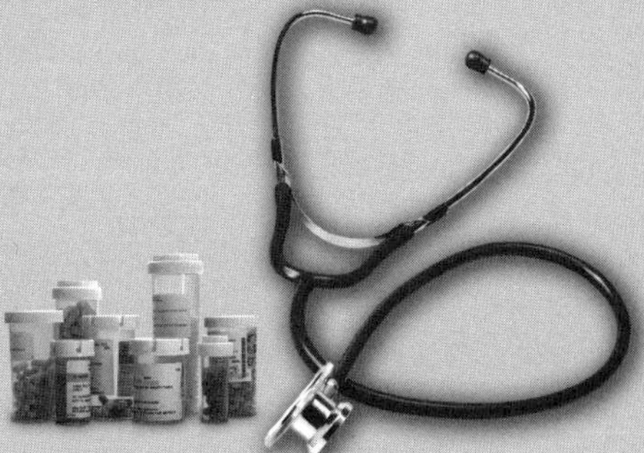

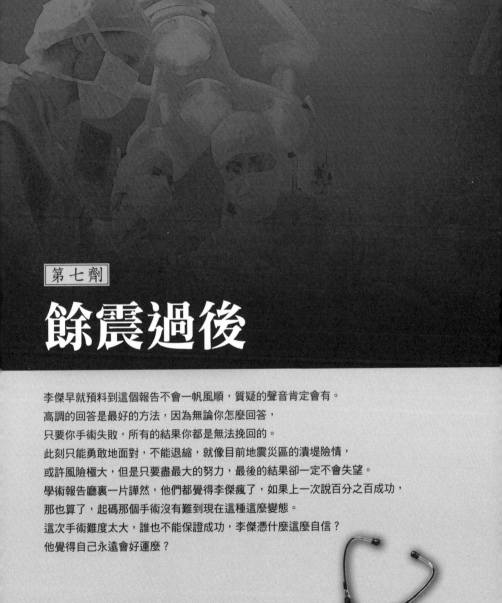

江振南教授對李傑一直青睞有加，從第一天看到李傑背著那笨重的行李上大學開始，他就很喜歡這個農村出來的小夥子。他的誠實、聰明給他留下了深刻的印象。

不過，最近他有些擔心。李傑俗務實在太多了，這會讓他分心太多。這個世界上可以被稱為天才的人很多，但是真正達到天才這個程度成就的人卻少之又少。

多少聰明人因為心志不堅定而墮落！他害怕李傑也會被外界所誘惑，不能安心地在醫學上鑽研。

不過，江振南在接到馬雲天的電話以後，他就安心了。對於他研究的手術改良的相關之事，他一口答應了下來。

不過是讓李傑代替他出面作報告演講而已，這沒什麼，他對於名利已經看得很淡，將這個成果冠上李傑的名字他也不怕。

更何況李傑的為人他瞭解，他不是一個貪得無厭的人，否則他也不會留在國內，而沒有跟隨陸浩昌一起走！

李傑來找江振南的時候，還不知道如何開口。就在他為難的時候，江振南卻直接將他要說的話給說了出來。

「李傑，你來得正好，我剛剛準備好資料，你拿著看看！」江振南所說的資料就是他所做的研究論文。

「我會將這個手術做成功的，然後我會在報告會上做出最詳盡的報告！」李傑對於江振南教授的大度佩服得五體投地。試問，換作自己，將自己的成果幾乎是送給別人，他肯定不會願意的。

李傑也不是一個小人。他信奉滴水之恩當湧泉相報。他面對江振南教授如此的大度，絕對不會幹出那種小人的事情，他不會將這篇論文占爲己有。他會竭盡全力做好手術，然後冠上江振南教授的大名。

江振南當然相信李傑的實力。這是法洛四聯症的手術改良，他的思路是用一個全新的方法來做這種手術。

李傑曾經給楊威的孩子做過一個手術，也就是右心室雙出口手術。這兩類手術很多地方相似，所以李傑做起來也比較容易些。

「我當然放心你，這次好好幹。你馬上就畢業了，打算去哪裏啊？」

李傑一愣，他沒有想過這個問題，他還真不知道自己應該去哪裏。他曾經考慮的是回到家鄉去經營一個私立的醫院。

現在看來，他這個願望沒有絲毫的進展。姐姐經營的藥店還不知道情況如何呢。建立醫院需要投入的錢太多了，就算藥店經營得再好，在這麼短的時間也不可能賺多少錢，就算將藥店賣了也是不夠的。

江振南看著發呆的李傑，以爲他在爲自己的前途迷茫，於是笑著說道：「你不用擔心，我可以保你去第一附屬醫院。同時你也可在本校任教。」

在別人眼裏，江振南說的這個待遇或許是這個學校畢業生最好的選擇了，第一附屬醫院是ＢＪ市甚至全國頂尖的醫院之一，能在這裏工作是每個畢業生的夢想。

如果能同時在中華醫科研修院任教，更是一個美差。這不僅僅意味著雙份的工資，除了擁有大學的良好基礎醫學的研究環境外，還可以在臨床上一展拳腳。

「謝謝江教授，其實我還沒有考慮好！」

李傑的確沒有考慮好，他剛才發呆也是在思考自己如何才能開一個私人的醫院，甚至如何建立一個醫療帝國的事。

江振南以爲他是不好意思麻煩自己，於是也不多說什麼，兩個人又閒聊了幾句以後，李傑便離開了。

法洛四聯症是常見的先天性血管畸形，這種病的手術很常見，難度也不是最頂級的，但是經過江振南教授的改良，這種手術卻變得異常艱苦，不過，病人的術後恢復以及手術成功率卻會大有好轉。

從江振南的辦公室出來，李傑沒有直接回去，而是在校園裏隨便找了個地方坐下來研究資料。手術的資料不是很多，大概二十幾頁的樣子。

李傑對這種手術很熟悉，他曾經做過很多個，但是江振南的這個方法比較怪異，他從來沒有見過，甚至他做李文育時的那個世界也沒有聽說過這個方法。

手術對主刀醫生的要求很高，甚至可以說是苛求，這個方法就是建立在主刀醫生的「變態」技術上，然後達到最滿意的手術效果。

李傑在看書的時候注意力很集中，所以很容易忘記時間。直到校園裏響起了震耳的下課的鈴聲，然後就看到下課的同學們餓狼一般地向著食堂奔跑，他才發覺肚子正在咕咕地叫嚷著餓了。

待他收起資料準備去填飽肚子的時候，他突然看到了那個熟悉的身影，那個總是喜歡裝大人來管自己的靚麗身影。

「八六，六三，八六。」李傑再次脫口而出。

于若然低著頭，那羞赧的溫柔，似一朵純潔百合花無限嬌羞。這樣的舉動讓李傑不知所措，如果她如往常一般地嚴厲訓斥，李傑或許還會覺得正常一點，可是她沒有那樣做。

「于若然，好久不見啊！你還好吧！」李傑憋了半天，終於說出一句話來。

「嗯。你也是吧！聽說你去災區了……」

于若然正說著，突然不遠處有人喊道：「于若然，快走啦，再不去沒有位置了！」

「啊！她身邊有個帥哥哎！」不知道哪個人說了一句，然後更多人冒了出來。

「挺帥的麼？難道是于若然天天想著的那個？」

「是啊！就是有點黑……」

「于若然運氣真是不錯啊！竟然釣到了這麼好的一個人！」

她們其實說的聲音很小，但李傑耳朵很靈敏，聽得一清二楚，說他一臉黑。原本以爲只有他那個年代有腐女。現在才知道原來腐女是不分時代的。

「再見，我先走了！」于若然紅著臉跑了。

李傑也不知道這個于若然是不是也聽到了那些女生的話，不過，他覺得于若然變化太大了。

那個總是滿口大道理的班長于若然，此刻竟然變得小鳥依人。她隨著眾位女伴說笑著離開了。李傑不敢相信，一個猛禽怎麼會變成小鳥。

李傑站起來，收好資料，他決定了去找那幫寢室的兄弟們，也許是因爲見到于若然的原因，他此刻特別想念這些同學。

這會兒雖然是吃飯時間，但他們肯定是會提前十分鐘去吃飯的。現在時間也差不多了，他們吃過飯也該回到寢室了。

走進那熟悉的寢室，果然不出所料，他們都在這裏，李傑的突然回來讓他們先是吃了一驚，然後就是圍上來將李傑按在床上修理了一番。

「竟然這麼久也不回來看我們！」

「使勁修理他，打殘疾了最好，正好留在這裏，以後別走了！」

……

雖然被修理得很慘，但李傑卻沒有生氣，這些都是他們寢室的傳統，每個人都被修理過，這不過是男生之間的打鬧。

現在同學們還是把他當成好兄弟，如果他們見到自己生分了，那才是他害怕的事。

「眾位好漢饒命！」李傑求饒道。

可是他們就跟沒有聽見李傑求饒一般，又狠狠地折磨了他一番後，才放過他。

「李傑你現在真是風光啊！又在報紙上看到你了。」王猛說道。

「不過是運氣，正好碰到了陳書記生病！」李傑不好意思笑道。

「運氣好也要有技術才行啊！李傑你這次來學校，恐怕不只是來看我們吧！」張強說道。

李傑有些不好意思，如實交代了自己是爲替江振南教授作學術報告的事來的。然後，他告訴大家，日後還會做臨床的手術來驗證這個報告！

李傑剛剛說完，就聽到王猛驚訝道：「李傑你已經到了這個程度？江振南教授的研究手術聽說一向都是以高難度著稱啊！」

李傑肯定地點了點頭，其實他的技術完全可以勝任更高難度的手術，江振南教授所安排的這種手術還不是李傑的極限。

「真是差距越來越大了！我們拚命地追趕，也還是落在了你的後面啊！」張強感歎道。他說出了所有人的心聲，一時間整個寢室都沒有人說話了。

「哎，大家每個人不都有自己的長處嗎，你們看李傑雖然這些方面厲害，可他還不是傻傻的！他永遠是我們寢室的小弟。哈哈！」王猛肆意地大笑道。

尷尬的氣氛頓時煙消雲散，大家都跟著笑起來。李傑令人矚目的成就讓中華醫科研修院的同學們羨慕，自從他成爲所謂的天才以後，整個學校的同學都在以他爲目標。

「什麼時候啊？我們去捧場去！」王猛又問道。

「下禮拜一，還有三天！」

「到時候我們一定去捧場！」

李傑其實從來也沒有作過學術報告，即使是他還是李文育的時候，他也一直是一個臨床醫生，而不是一個搞科研的人員。

他對這次學術報告格外重視，除了爲他自己，也是爲了江振南教授，他可不想搞砸了，這樣不僅僅是自己丟人，整個學校都跟著丟人。

離開寢室以後，李傑還去圖書館借了一些手術的錄影等資料，回去以後立刻埋頭研究。越是深入地研究，他越發現手術的難度，比自己原來想像的要難太多了。

江振南這個研究其實還不能真正地達到作學術報告的要求，因爲他還沒做過臨床實驗，也就是目前還沒有臨床手術成功的實例。

李傑將是第一個按照江振南的方法來做手術的醫生，目前李傑也是第一附屬醫院唯一的能夠以這種方法將手術做成功的人。

這麼說並不是誇大其詞，江振南教授也是明白這點的，所以他將手術完全地託付給了李傑，這也是他爲什麼如此大度的原因。

其實李傑也在進步，只不過他自己沒有感覺而已。那次給母親做Bentall手術，就是李傑的一個重大的突破。那次他已經超越了自己曾經的極限，是有些超水準發揮的。

時間一分一秒地流逝著，李傑完全沉迷於對這種超高難度的手術的想像中，他在享受著超越自我的快感。

過了一段時間，他感覺自己現在對於作學術報告，已經沒有任何問題，他可以在講台上將這種改良的手術說得清清楚楚了。

目前，他的問題是如何做手術，這將是一次極限的挑戰。

現在的難點在於手術的團隊。這次手術必然驚險重重，他必須有一個好的團隊。無論是助手，還是麻醉師，甚至是器械護士都必須是頂級的。

李傑一直有些羨慕龍田正太的日本團隊，他們無間的配合起碼讓手術效率提高了百分之五。而李傑的手術到現在也沒有一個固定的人員搭配，每次都是東拼西湊。

上次做手術時的助手王睿技術雖然不錯，但是他只能做主刀。作爲助手他不懂得如何配合別人，所以他也不是一個合格的助手。

李傑很想培養一個固定的團隊。有一個技術高超，又懂得配合的助手，有一個可以將需要的器械提前準備好的護士，那將使他如虎添翼。此外，他更需要一個頂尖麻醉師，來把握病人的各種狀況。

如果有了這些，他就可以真正百分百投入主刀醫生這個角色中。

不過，這次來不及培養團隊了，在「生命之星」的學術交流周結束前，李傑必須完成一個這類手術，也就是說在未來的十天內，他必須完成這個手術。

至於患者，患有法洛四聯症這種先天性心臟病的人有很多，而第一附屬醫院實力很強大，找一個適合手術的病人很容易，這一點他並不用擔心。

李傑決定先找江振南教授說明情況。撥通了江振南教授的電話號碼，電話嘟嘟兩聲後卻傳來了另一個人的聲音。

李傑很熟悉這個聲音，這不正是馬雲天院長麼！

「喂，我是李傑。」

「哦！李傑啊！我跟江教授剛剛還說起你，有什麼事麼？」

「手術資料我看了，學術報告也沒有問題，現在的問題是，我需要一個手術團隊來配合我。這次手術難度很高！」李傑開門見山地說道。

「我已經安排好了！這次手術我將派出以你們學生爲主的團隊，我相信你的實力！這個團隊晚些會跟你見面！」

李傑不會以爲馬雲天沒有聽懂他的意思，這分明是故意的，手術如此困難，怎麼可能用學生的團隊來做？

如果這樣，他李傑有天大的本事也不能成功啊！手術不是依靠一個主刀醫生就可以成功的，更何況這麼困難的手術，如果沒有最好的人員配置，即使強如李傑也沒有百分之百的把握成功。

李傑覺得馬雲天院長有些急功近利了，他現在也猜出了馬雲天的想法，猜出了他想靠這個學生的團隊來完成手術的原因。一個學生的團隊完成手術，一般來說簡直就是天方夜譚，如果真的成功了，那麼，中華醫科研修院的名望將提高不止一倍。

不過，李傑覺得這個手術太難了。他覺得僅僅依靠第一附屬醫院學生團隊是不可能做好的，這樣大的一個手術，無論從哪方面考慮都是不可行的。

現在，馬雲天教授處於極度的狂熱中，李傑也不好去忤逆他的意思，他決定等兩天，等他冷靜了，考慮清楚了再去跟他說。

這兩天，如果學生團隊這個消息傳出去，反對由這樣的人來做手術的肯定不會是李傑一個人，就算是江振南教授也不會坐視不理的。

想到這裏，也沒有什麼好擔心的了，他現在需要的就是爲這個學術報告做準備。

現在，李傑的生活成了標準的兩點一線，醫院與家，除了這兩個地方他哪兒也不去。

如果不是陳書記還在醫院的特護病房裏，李傑甚至連醫院都不去。他倒不是因爲上次得罪了院長而不去醫院，主要是他太忙了，準備工作需要的太多，畢竟這次學術報告會有很多人聽，他不能有絲毫的差錯。

現在，他唯一能休息的閒暇時光就是吃飯的時候。每天三頓飯，加起來不到一個小時。這個時候可以停止思考，放鬆一下緊繃的神經。

今日李傑又跟平常一樣，又是在住處樓下那家廉價的小飯店吃飯。餐館今天的人比較多，人多了自然也比較嘈雜。菜上得比較慢，李傑無聊之中只能找出一張報紙翻閱著。

這兩日足不出戶的李傑消息有些閉塞，很多重要的消息他甚至都不知道。他翻閱著報紙，希望找到一點關於災區的消息。

他一直有些擔心災區，雖然災區已經得到了全國人民的救助，形勢正向著越來越有利的方向發展著，但不看報紙還好，這一看報紙，李傑更加擔心了。

頭版頭條幾個大紅字，赫然寫著：東江水庫面臨潰堤，C市面臨著全市被淹的危險。這頭版頭條的新聞讓李傑再也沒有胃口吃飯了。

現在C市被救出來的市民都已和員警、醫生組成了救援隊。此刻，他們隨時都有被突發洪水吞沒的危險。

他們不願離開，即使生命受到了威脅，因爲這裏的廢墟下面還有很多被掩埋的同胞，這些兄弟姐妹們在等待著救援。

其實被掩埋在廢墟下的人生存下來的機率已經很小了。因爲時間已經過去七天了，基本上已經超越了搜救的時間極限。

但生命的奇蹟也不能低估，到目前爲止，還有很多人陸續地被救出來，誰也不能保證還有多少人活著。只要有一絲希望就不能放棄。

這些堅守在這裏的人是最可愛的人、最值得敬佩的人。沒有人逼他們這麼做，一切都是自願。他們即使冒著犧牲自己的危險也要拯救別人。

李傑一直在忍耐著，他無時無刻不擔心災區的情況，也特別擔心石清，那個隨著自己而去的女孩。

她是爲了李傑才身陷險境的。李傑是一個凡人，如果問他真心話，他會說希望能將石清帶出來，而不是冒著生命危險來救人，他寧願用自己去災區將她替換出來。

巨大的水庫堤壩已經被地震破壞得幾乎崩潰，也許下一次餘震過後就是潰堤引起的巨大洪水。

李傑此刻已經將所有的一切都拋在了腦後，他只想保證石清平安從災區回來。他甚至瘋狂地想跑到災區，什麼學術報告、什麼榮譽他現在統統都不在乎，他只要石清回來。如果她有什麼不測，他會一輩子不安。

他瘋了似的跑到醫院，推開陳書記的特護病房。他想找陳書記幫忙，李傑唯一能想到的可以幫忙的就是陳書記了，可沒有等他開口，他卻發現艾雅坐在床邊，趴在床上哭得像個淚人一般。

她那種與生俱來的優越感沒有了，臉上那寒冷的冰雪般的表情也「融化」了，此刻，她就是一個柔弱的小女子。在陳書記這裏哭訴，成了她唯一的方法，她實在想不出還有什麼辦法了。

李傑突然想到，韓超營長也在災區。他是一個幸福的男人，有這麼樣的一個愛他的女子爲他哭泣，爲他的安危而擔憂。

陳書記對艾雅也沒有辦法，其實艾雅的父親是陳書記的老戰友，他在離開災區的時候是有點私心的，直接要求調艾雅跟他一起走。

私心人人都會有，艾雅是陳書記的戰友的女兒，陳書記覺得，他可以對不起自己，不能對不起戰友。如果是他自己的女兒，他肯定會將女兒留在災區。

如果他不病，他也會留在災區，即使是現在面臨著大堤崩潰的危險，他仍會義無反顧地留下。

「李傑來了啊！你也來勸勸艾雅，她一定要去C市。」陳書記無奈地道。

李傑搖了搖頭，陳書記肯定不知道艾雅對韓超的感情，艾雅目前這個樣子，根本沒有辦法勸，除非韓超營長能順利完成任務，平安回來。

女人有時候很堅強，尤其當母親保護孩子，作爲老師保護學生時。女人有時候又很脆弱，尤其當自己心愛的人身犯險境時。

李傑此刻冷靜了下來，他知道自己不可能將石清換回來，因爲每個人都在爲自己的親人擔心，又何止他一個？

「陳書記。我這次來，是想跟您說韓超營長的事情，聽說他任務很成功！危險已經解除了！」李傑信口胡謅道。

陳書記還沒有明白過來怎麼回事，艾雅卻擦乾了眼淚急切地問道：「你說的是真的麼？」

當她看到李傑肯定地點頭以後，終於放下心來，突然想起自己剛剛哭泣的樣子，臉一紅，害羞地跑開了。

陳書記也是聰明人，看到艾雅的表現，馬上就明白過來了。他對韓超的印象很好，他打心底希望艾雅和韓超成爲一對。

陳書記身體恢復得很好，氧氣罩早已經摘除了，現在也能坐起來了。如果不是他恢復得這麼好，恐怕艾雅也不會在他這裏哭鬧。

「李傑坐吧！有什麼事麼？」

李傑本來是找陳書記說用自己調換石清，現在冷靜下來了，他也不知道自己要幹什麼了，於是支支吾吾地說道：「募捐的事情，已經弄好了，另外還有幾個募捐的基金也將錢交給我們打理。還有採購藥品，我們選擇了魯俊的上源集團麾下的鑫龍製藥。」

「這些就交給你了！不用跟我彙報，另外我聽說你最近要作一個什麼學術報告！年輕有爲啊！」

「陳書記過獎了！」李傑謙虛道。

「年輕人容易浮躁。也容易被外界誘入歧途！你無論做什麼事情都要三思而後行，要堂堂正正做人！你是聰明人，應該明白我的意思！如果你走入歧途，我也幫不了你！」

李傑立刻聽出了這話中的意思。這次救人算運氣不錯，陳書記現在竟然主動開導他，他可以算是自己的一個小小的靠山。看來只要他李傑秉公執法，陳書記就會幫他！

這有點和衛生廳廳長張凱相似，雖然這種情形比不了真正的靠山硬實，但卻還是很有用。李傑憑藉小聰明肯定會讓這兩個靠山遵紀守法地幫助自己。

「謝謝陳書記！」

「好了，我累了！你快去準備學術報告吧！聽說你這次的研究很重要，加油！」

現在李傑只能祈福蒼天保佑了，保佑那些依然在災區的人民平安，保佑那些被困在廢墟瓦礫中的人民平安，更祈求石清平安歸來。

明天就是學術報告的第一天，是「生命之星」與中華醫科研修院學術交流周的第一天！作爲國內的頂尖大學，中華醫科研修院很注重學術交流，也經常邀請一些頂尖的專家們來作報告。

學術報告廳氣勢恢宏，可以容納兩千多人。它獨特的設計讓你在每一個角落都能聽清楚演講者的報告。

李傑有點激動，他甚至都能感覺到心在撲騰撲騰地亂跳，連續深呼吸幾次都無效。特別是他躲在幕後偷偷地看會場的時候，看到那些興奮的同學們早已擠滿了會場，就連走廊上都站滿了人，他就更加緊張了。

熱情的同學們讓李傑欣慰，他還有點害怕他自己這個沒有名氣的人會遭遇冷場。如果會場空蕩蕩的，那他可就丟人了。如今兩千人的會場起碼擠進來三千多人，李傑心裏又不由得暗暗高興。

緊張不過是一會兒的事，當震耳欲聾的掌聲響起時，李傑卻變得出奇平靜。他信步走上講台，第一次面對如此多的人，第一次受到這麼多人的矚目，他很激動。

李傑在歡迎的掌聲中攤開手中的文件夾，調整了一下麥克風，學術報告開始了。

台下，中華醫科研修院的師生們，「生命之星」的成員們都在看著他，他們的目光裏或是贊許，或是羡慕，或是期盼。

法洛四聯症是常見的先天性心臟血管畸形症，在血氧含量很低的先天性心臟病中居首位。各大醫院每年都會有這樣的患者出現。但是，這種手術的研究卻很少有人做。

無論國內還是國外，如果你研究的不是熱點，或者你研究的東西不能取得巨大的經濟效益，那麼「恭喜」你，你絕對沒有經費。

手術技術的改良，不是什麼特別好的研究專案，也許你的手術改良可以幫助很多人，但是你就算改良了無數個手術，也頂不上一個熱點研究的成功。比如陸浩昌教授的免疫抑制藥物的研究，所創造的價值是不可估量的，所以很受人重視。

學術報告廳安靜得只能聽到筆尖與紙張摩擦的沙沙聲，然後就是李傑那富有磁性的講座的聲音。

法洛四聯症手術改良後，李傑將它命名為江氏手術，它不能帶來巨大的經濟效益，但是這個手術會讓很多醫生記得，他的發明者是江振南教授，第一個做手術的人是李傑。

許多患者也會記住這兩個名字。這對於一個醫生來說，是一種莫大的榮譽。真正的研究者不會挑選什麼熱點問題，他們只會選擇自己喜歡的課題，挑選真正對人有幫助的課題。

在聽到一半的時候，台下的聽眾裏有一些專家學者們已經在底下偷偷地討論了。李傑的這個方法給他們帶來的震撼實在太多了。

「的確是天才的想法，很有創意！」阿瑞斯讚歎道。

他身邊的安德魯聽到這句話以後，很是高興。他得意地說道：「如何？我說中國厲害的人不少吧！」

「的確，中華大地人傑地靈，只是這個手術方法太過困難。也許我能做！但是其他人卻不一定，要求太高了，技術不成熟的醫生來做，只會適得其反！」龍田暮次郎說道。

安德魯不是很喜歡這個傢伙，他覺得這個日本人太狂妄了。剛剛想反駁他，他卻聽見保羅說道：「的確很難，這是非頂級醫生不能做的手術！」

如果是別人說，安德魯肯定不屑一顧，但是保羅的水準他是相信的。在他眼中，保羅擁有這個世界上最靈巧的手，他才是世界第一的外科醫生。同時他的眼光也很高，他說的話基本都沒有錯。

除了「生命之星」的人以外，這裏還有很多其他的醫生同樣地對這種手術的難度發出感歎。

「臨床醫生真是難，做這麼難的東西卻沒有什麼獎項，諾貝爾什麼時候弄個臨床醫學獎。估計這個有戲！」一個醫生感歎道。

「哼，不過是一個設想而已，根本就不可能實現！」不知道是誰輕蔑地說道。

其實，跟他有同感的人很多，如果不是江振南教授在國內的名號過於響亮，同時國內很多知名的醫生都是他的學生，也許現在已經有人站起來反對了。

李傑也發覺了底下的人有一些在討論著什麼，但是他在台上，距離太遠，下面的聲音也很小，他聽不清楚。

大約兩小時後，李傑終於講解完畢。在一陣掌聲過後，提問的時間就到了。通常的問題都是一些這個報告中沒有詳細敘述的，或者大家想瞭解更多的！

提問基本上都是學術上的問題，但此刻大家心中都有一個共同的、與學術無關的問題，那就是這種難度的手術誰能做？由誰來做？

可是，就這個每個人都想知道的問題卻沒有人問！因爲問這個問題相當於自掉身價。如果人家做好了這種手術，會很沒有面子。

大家都在觀望，等待一個不害怕的人，或者頭腦比較渾的人來當這個出頭鳥。

在眾人期盼的目光下，終於有一個人站出來了，說出了大家想問的話，同時超出了大家的期望，他又說出了大家更多想知道卻不敢問的話。

他直接拿過話筒就說道：「您好！我這個問題或許不應該說出來，但是我真的想知道，這個手術是不是能做？如果能做，誰能做？在我看來，這個手術的難度超出了常識！而且在沒有臨床實驗的情況下，就來做學術報告是不是早了些？」

李傑沒有想到第一個問題竟然是這樣，他不慌不忙地說道：「手術的主刀將是我，另外，第一個手術將在本周內完成，我會按照今天的方法來做！」

「那請問成功率是多少？」這個提問者依然不依不饒。

「手術成功率當然是百分之百！」

質疑者只是冷笑，並沒有再說什麼，百分之百的把握，李傑說過兩次。上一次或許還可以解釋，這一次他說什麼也不會相信。

李傑早就預料到這個報告不會一帆風順，質疑的聲音肯定會有。高調的回答是最好的方法，因爲無論你怎麼回答，只要你手術失敗，所有的結果你都是無法挽回的。

此刻只能勇敢地面對，不能退縮，就像目前地震災區的潰堤險情，或許風險極大，但是只要盡最大的努力，最後的結果卻一定不會失望。

學術報告廳裏一片譁然，他們都覺得李傑瘋了，如果上一次說百分之百成功，那也算了，起碼那個手術沒有難到現在這種這麼變態。

這次手術難度太大，誰也不能保證成功，李傑憑什麼這麼自信？他覺得自己永遠會好運麼？

第八劑

黑嘴

這個質疑的傢伙明顯是帶著一種畸形的病態心理。
所謂畸形病態心理，打個比方來說，就像看見有錢人，
他就覺得這個傢伙是為富不仁的暴發戶，沒什麼本事，不過運氣好才賺到錢。
見到為官者，他就覺得這個傢伙是「食」百姓血肉的貪官，是走關係當上官員的。
他見到李傑這麼年輕就可以讀博士，他就覺得肯定也是因為關係。
這樣的人最可惡的就是不經過調查，就張著自己的一張嘴到處亂說。
如果說對了還行，可以揭發出一個社會毒瘤，可是說錯了呢？
他當然可以拍拍屁股走人，但是被冤枉的人怎麼辦？
名譽損害誰來負責？
善良的人總是被這樣傷害，誰還會繼續善良？

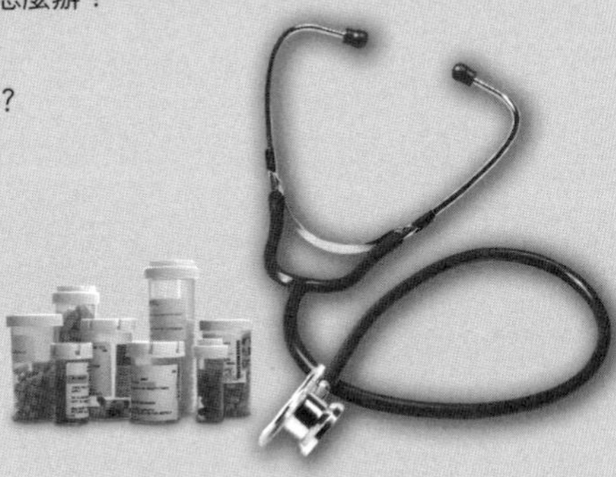

李傑此刻就算有百分之五十的把握，他也會毫不猶豫地說出這些話，更何況他現在起碼有八成左右的把握。

眼前這個傢伙明顯就是挑釁，科學不怕別人質疑，但也不容人侮辱。這個傢伙的話誰都能明白，他剛才那話的意思就是，這個報告根本不符合規定，因爲這是一個沒有經過驗證的報告，它沒有經過臨床實驗，而李傑與江振南教授不過是欺世盜名的騙子。

回擊質疑最好的方法就是用事實證明自己的正確，這次李傑或許有些大嘴巴，話說得過滿，但是效果很明顯，質疑者閉上了嘴巴。對於這樣的人，你越軟弱，他越欺負你，高調強硬的態度才是最好的選擇。

失敗這個詞，李傑從來都沒有想過，做「賭徒」他也沒有想過。這次手術是「畢其功於一役」，成功則會使他李傑的聲望上升到頂點，失敗他就可以退出醫療界了！

他跟一般賭徒不一樣，人家賭運氣，他賭的是自己的能力。動物實驗上總結的經驗，以及種種分析都可證明，手術只要不出差錯，絕對不會失敗。在這一點上，幾乎每個人都是認同的，這個手術方法是絕對可行的。

經過這個搗蛋者的質疑，在場人士的注意力都跑到了首次手術的成功與否上。對於手術的細節等等問題，他們全都不在乎了。

李傑也沒有心情再繼續了，於是交流周的第一場學術報告在火爆開場後，卻冷淡地收場。

現在，李傑想的就是等到手術那一天，用事實證明給人看，證明這個手術理論的正確性，讓那些質疑的人都閉嘴。

但是事情卻沒有那麼簡單，李傑結束學術報告，剛下講台，卻已經有人在等待他了。這次等他的正是他的好朋友趙致。

李傑看著他胸前的標牌，再看看他這身行頭，就知道他又幹老本行了，重新成爲了記者。

「趙兄，真是恭喜，你成功了！」李傑抱拳笑道。

趙致能重新幹老本行還是靠李傑的幫忙，如果沒有上次李傑帶回來的資料，他怎麼也不會有合適的籌碼去跟公司討價還價。

早在李傑本科畢業的時候，對他的專訪，讓趙致加薪升職，雖然後來也因爲李傑，他丟了工作，不過，這也有他自己疏忽的原因。

李傑或許就是他命中的福星。這個皮膚黝黑的傢伙只不過是一個醫生，卻總跟明星一般在各種媒體上露臉。

媒體需要新聞人物，李傑越來越符合他們的標準，所以他總是作為焦點出現，並且這兩次高調的百分百讓人感覺李傑有點大嘴巴。可媒體就是喜歡這樣的人，因為這種人身邊總會有新聞出現。

趙致今天還是來採訪的，對這次交流會，真正關注得多的還是醫療工作者們。普通的民眾關注得更多的是李傑，這個所謂的天才學生，關鍵時刻拯救了人民的父母官陳書記的醫生。

不過，現在他除了採訪，還有一件重要的事告訴李傑，這也是他剛剛才知道的，不過現在人多嘴雜，不方便說，這事需要在背後慢慢說。

「我當然是又要麻煩李兄，要採訪你！另外還有一件事情要告訴你。」

李傑現在心情不是很好，如果是別的媒體，他根本理都不想理。可是趙致是他好朋友，他只能點頭答應。

其實，他這兩天心情不好，原因還是在於擔心石清。當然，還有今天遇到那個無聊的可以說有點心理疾病的質疑者。他的話點燃了他憤怒的導火線。

他倒不是反對別人質疑。如果是有根據的學術上的質疑，他甚至還是歡迎的，大家可以在一起討論探究，對這個，他無論如何也不會生氣。

但這個質疑的傢伙明顯是帶著一種畸形的病態心理。所謂畸形病態心理，打個比方來說，就像看見有錢人，他就覺得這個傢伙是爲富不仁的暴發戶，沒什麼本事，不過運氣好才賺到錢。見到爲官者，他就覺得這個傢伙是「食」百姓血肉的貪官，是走關係當上官員的。

他見到李傑這麼年輕就可以跳級讀博士，他就覺得肯定也是因爲關係。這樣的人最可惡的就是不經過調查，就張著自己的一張嘴到處亂說。

如果說對了還行，可以揭發出一個社會毒瘤，可是說錯了呢？他當然可以拍拍屁股走人，但是被冤枉的人怎麼辦？名譽損害誰來負責？善良的人總是被這樣傷害，誰還會繼續善良？

但是就是這個亂說的嘴巴，卻還有些來歷，甚至還有一些社會地位和名氣。這還是趙致告訴李傑的，他其實也是聽說，也不能確定真假。

兩個人都是老朋友，隨便找個喝茶的地方坐下，便直入主題，有什麼說什麼，毫不避諱。

「他就是那個『黑嘴』，專門找碴的傢伙？」李傑淡淡地說道。

趙致說的就是那個質疑的傢伙，他說聽人說他是從美國著名大學畢業的，知識淵博，喜歡揭發社會的黑暗，特別是對國內的一些知名科學家，自稱科學鬥士！

「你別小看他，有很多知名的人都被他拉下馬了！」趙致著急道。

李傑喝了一口茶，似乎還沉醉在茶的醇香之中，一點也不在乎趙致說的。過了一會兒，他才淡淡說道：「我怕什麼，這樣的小人不過就是通過貶低別人來抬高自己。至於那些落馬的，也不一定都是騙子，一定有被冤枉的！如果社會上有這麼多騙子，那一切早就亂套了。」

「說得也是，我相信你肯定能行！不過你要小心，很多人都在等你出醜。這兩次，你把話說得都太滿了！」趙致擔心道。

李傑也知道自己這麼做很危險。這等於將自己拴在一個不牢靠的保險栓上，一個不小心，就會掉下去。

他心想，事情不可能永遠都在掌握之中，出現任何意外都是正常的，但也不能小看了這些無法避免的意外，話說小心駛得萬年船，只有規避這些，才能立於不敗之地。並且機遇與風險也總是並存，有麻煩只要解決掉，收獲也會是不小的。

這次「黑嘴」肯定不會放過李傑。如果李傑勝利了，那醫學天才這個名號將不僅僅限於BJ的醫療界，全國的醫療界都會關注這顆「新星」。

「這次依然需要你來爲我們學校造勢，我們這次的學術交流意義非凡，你們需要好好地報導一番才行！」李傑接著又給他說明了「生命之星」的意義，以及其成員的組織構成等等。

趙致其實對這個新聞不感興趣，普通百姓誰會管那些，他們要看的是花邊新聞。他們感興趣的事是天才學生李傑之類的，這種新聞絕對要比大學著名科學家某某要吸引目光得多。

雖然不感興趣，但趙致又不好說出來。他只盼著主編可以通過他的稿子。這樣，在李傑這裏也好有個交代。

李傑雖然對手術是一副胸有成竹的樣子，可是他心裏明白這種手術的超級難度，同時也明白手術的意義。手術的成敗關係到他這一生的榮辱前途。

他此刻壓力很大，手術準備的工作做得太差勁了，因爲這個學術報告是臨時決定的，臨床手術實驗也是臨時安排。

現在唯一能明確的就是手術會在這個禮拜進行，至於患者是哪個，手術的團隊如何，李傑這個主刀甚至都不知道。

在趙致完成了他的新聞稿以後，李傑就匆匆告別了。他無法再安心地坐在這裏喝茶，他覺得自己必須去找馬雲天院長，將所有的情況都弄明白，不能這麼稀裏糊塗的。

在李傑準備回去的時候，他卻不知道此刻很多人都在找他。誰也沒想到他爲什麼變成了大嘴，又一次說出了百分之百這樣的話。

馬雲天這裏已經將手術準備得差不多了，患者已經確定，是一個男性患者。手術團隊方面也組建得差不多了，團隊召集了很多精英分子，現在就等主刀醫生李傑來挑選人員了。

馬雲天準備好一切以後，卻發現這次的主角李傑不知道跑哪裏去了，而手術團隊的人員還在等待著他來挑選。

按照馬雲天的原意，是用學生團隊，但是在冷靜下來以後，他也知道這個方法不行。他還是選擇了穩妥的做法。學生團隊太冒險了，並且反對的人也太多了。

他在挑選人員的時候，決定用本校的學生與附屬醫院挑選的醫生。在他心目中，手術的主刀是李傑，而助手當然首選王永。

只是可憐的王永，他本就爲了不如李傑這件事心情不好。這次竟然又要當助手，真是勉爲其難了。可是他不能忤逆馬雲天的意思。

馬雲天本來最擔心的就是手術團隊，可當他看到李傑的時候，他變得擔心這位主刀醫生了。李傑出現在他面前的時候，似乎很不在乎這次手術的樣子。

「李傑，患者與手術人員齊備了，手術時間由你來確定！在週末如何？也就是交流周的最後一天！」馬雲天說道，他的想法是能拖一天是一天，多一天的準備，成功率也會高一點。

李傑也不答話，拿過人員的名單一看，有些哭笑不得，首先是助手名單竟然寫著王永，雖然他最希望的助手當然是王永，可是他也知道，王永肯定不希望做他的助手，兩個人的競爭已經到了必須一個離開的地步。王永是一個好人，對於李傑他也很照顧，李傑不能搶他飯碗，這也是李傑爲什麼去地震災區的原因。然後，他還發現這裏有很多是在校的研究生、博士生等等。

李傑覺得馬雲天有些地方搞錯了。因爲學校出了個天才的李傑，一個兩年就可以取得雙博士學位的李傑，一個似乎無所不能，可以解決無數手術難題的李傑。所以，馬雲天理所當然將自己學校的學生都看得和李傑差不多。他以爲，就算不能達到李傑的程度，也不會差多少。

這是他對他們高估了，李傑畢竟有著前世多年的臨床經驗，除非是天才，否則不可能不經過長期臨床培訓直接上手術台的。

挑選人員有很大的難度，因爲人員必須在這個名單上挑，馬雲天已經給李傑做了很大的讓步，沒有全部要求使用學生。

李傑撓了撓頭，感覺有些爲難，光看他們的簡歷，也不知道誰好誰壞，然後，他拿起筆儘量地挑選了一些醫院的醫生。

他挑選的這些醫生裏，其中幾個是第一附屬醫院的，他還算熟悉，就都畫上了。沿著名單向下，他看到一個熟悉的名字——于若然。李傑在這個名字上猶豫了很久，這個本應該上大二的學生卻也跳級了，她似乎在追隨著李傑的腳步一般，在學校期間，她奇蹟般完成了幾個小手術。

不可否認，她很聰明也很努力，但她依然達不到進入手術團隊的程度。李傑歎了一口氣，筆遲遲落下，終於將她的名字在名單上留下了。

馬雲天對李傑挑選出來的名單很滿意，李傑一共勾選了兩個學生的名字，一個做器械護士，還有一個做助手。

「這些人我明天還要再看一下，然後挑選出最後的團隊，最後再一起研究一下這個手術。」在每個位置上，李傑都挑選了不止一個人，他最後還需要確定一下。

手術的團隊基本確定了以後，李傑打算去看看患者。在李傑的眼裏，每一個患者都有自己的特點，就如同每個人的相貌都不同，每個人的身體多少也會有差異，病情上也會有差異。這種小小的差異有時候就是手術成功與否的決定性因素。

這是忙碌的一天，在李傑離開馬雲天的辦公室時，夜幕已經拉開。可是李傑還不能休息，他要去第一附屬醫院探望一下病人。

醫院的夜晚很安靜，氣氛甚至接近那些恐怖電影的場景。李傑不由得想起了一連串的恐怖故事。這些都是關於醫院的鬼故事，越想越感覺背脊發涼，他覺得自己似乎就在故事中一般。他趕緊加快腳步，直接趕到病房中。

患者是一個十幾歲的孩子，這個年齡是人生的黃金時期。他此刻卻躺在病床上與病魔進行著艱苦的鬥爭。

患者的基本情況，李傑可以通過資料來獲取。李傑有一個習慣，就是了解患者的病理情況的同時，也要知道他的心理狀況。

孩子的父母也在這裏，這倒是省了李傑很多麻煩。畢竟病人還是個小孩子，很多事還需要做父母的來決定。

孩子的父母都是普通的工人。這個時代的工人處於一種尷尬的位置上，他們從小就被灌輸了工人階級是我國的領導階級的思想，同時又要接受改革開放大時代的洗禮。

他們可憐的孩子患有先天性心臟病——法洛四聯症，這個病不是絕症，這是可以治療的，但是他們卻因為太窮了，根本無法承擔手術費。

不過，他們運氣好，孩子可以因為研究而免費接受手術，但他們聽說這次手術是一種新方法，有風險。可是，如果不做手術，孩子必死無疑，手術的話，還有一絲希望。他們心中在擔心，害怕失去心愛的兒子。

兩個人盡可能地抽出時間來陪伴兒子，以讓自己心裏好受一些。今日也一樣，兩個人在病房裏陪伴著孩子，甚至沒有發現天已經黑了。

李傑沒有穿白大褂，他這樣進來已經讓他們覺得奇怪，更別說他一進來就檢查各種監視生命體徵的儀器了。

「請問你有什麼事麼？」患者的母親問道。

李傑看著他們疑惑的眼神才發現，自己這麼不穿白大褂就闖進來有些冒失，於是解釋道：「沒什麼，我看看他現在的情況！我是患者的主刀醫生，李傑！」

兩人對望一眼，似乎不太相信李傑的話，眼神中盡是疑惑不解。他們已經聽說主刀的醫生很厲害，但他們不敢相信這個主刀的醫生竟然如此的年輕，在大家的印象裏，醫生都是越老才越厲害。

李傑也不多解釋，繼續說道：「手術在本週末進行。你們盡可放心，這個手術肯定會成功。」

患者的父親握著李傑的手說道：「醫生，我兒子的命只能拜託你了！希望你能救救他……」

這樣的懇求李傑見多了，但他每一次都會心軟。他於是趕緊安慰這對可憐的父母，並且答應一定會治好患者。

本來想深入瞭解一下患者的狀況，卻被患者父母的眼淚打斷了。李傑又跟兩人聊了一會兒，患者總是昏昏沉沉的，所以他只知道了一些基本的情況。這個患者不是什麼特異的體徵，是個很普通的病人，而且孩子心臟病的程度不算最嚴重，所以在沒經過治療的情況下，可以活到十多歲。

手術前的準備差不多了，剩下的就是手術團隊的最後確定了。今日天已經黑了，李傑決定在明日確定人選。

這幾日，李傑一直都沒有休息好，整天都在忙著做手術的準備工作，現在他終於崩潰了，倒在床上立刻睡著了。

勞累的不只是他一個人，還有他的團隊的候選人們，應該說是有機會入選團隊的候選人們。

他們同樣在準備著，能夠與天才醫生李傑並肩站在一起，能參加世界頂尖難度的手術，是難得的機遇，也是一個莫大的榮譽。對他們來說，加入這個手術團隊意義非凡，這次的經歷會在他們的簡歷上添加最重要的一筆。在未來進入醫院的時候，他們因此可以選擇最好的地方。

李傑從來也沒有當過領頭一類的人物，不是因爲他沒有能力，而是他這個人比較慵懶怕麻煩，還有他很低調，不喜歡拋頭露面。

如果不是這次手術事關重大，而且馬雲天教授也非用一些本校學生不可，李傑肯定會直接找那些跟他合作過的醫生。

李傑的煩惱是選擇誰，他不可能在很短的時間內知道這些人到底有多高的水準，而這個手術又必須全力以赴，以爭取最好的效果。

這些待選的人此刻心中卻是另一番滋味，他們被馬雲天院長召集到一起，被通知今日會有人來選擇手術團隊人員，大家都很緊張地等待著。

李傑不知道爲什麼那天鬼使神差地選擇了于若然進入候選名單，學生他一共選擇了兩個人，其中一個是做助手，他挑選了于若然。

他從來也沒有挑選學生的經驗，所以這次，李傑也深深地爲挑選的方法苦惱了一番。最後經過一夜的思考，他決定選擇兩個手術來讓這些人做，通過這個來考驗他們。

中國是一個考試制度盛行的國家，無論選什麼都要考試，人這一生中往往要經歷大大小小無數個考試。但醫學上，你理論再強，到了臨床動手上，你不一定厲害，所以，李傑直接設定了兩個手術來檢驗這些人。

當然，手術的對象都是動物。雖然人跟動物差距很大，但在一定程度上，可以通過這種方法觀察出他們到底是什麼水準。

李傑設定的是動物的心臟手術。當然，選中的動物沒有心臟病，這不過是一個模擬而已。這次的人員正好分成了兩批，同時做兩台手術，而手術的主刀則分別是李傑比較看好的助手。其中一個是第一附屬醫院的醫生，另一個則是于若然。李傑將在這兩個人裏挑出第二助手。至於第一助手，李傑早已有了人選，當然不會是王永，李傑不會挑選這個眼高於頂的傢伙。

同時出現的情況是，缺席的人還有那個叫做王麗的，是應徵做器械護士的人，不過，李傑對於不來的人已經沒有任何的興趣了。

無影燈下，兩台手術同時在進行。這裏的手術台並不是很標準，只不過是醫學院用於教學的手術台而已。

動物實驗手術也比不了真正的人體手術，起碼你知道台上躺著的不是人，就算失敗了也不是醫療事故。

心態對於人實力的發揮影響很大，好比打籃球，平時投籃與決定勝負的壓哨球肯定不一樣。

李傑當然也明白這一點，將心比心，自己也是從這一步過來的，所以就算是動物實驗，他也可以將大家的實力看得一清二楚。

在實際操作中，李傑發現，每個人的動作都如教科書一般的標準，可以看得出他們是經過嚴格訓練的。特別是這個心臟的手術，每個人都準備了很長的時間。

就學生的水準來說，于若然的表現很精彩，如果用她，這個表現可以讓李傑有說服自己的理由。這個理由就是，他不是因爲看在同班同學的面子上選擇她的。另一台手術的主刀，技術十分精湛，值得稱道。

「這些人果然厲害！」李傑暗自感歎道。他本來還挺害怕馬雲天選擇的這些人實力不濟，會影響他的手術，可現在看來，完全沒有必要擔心。

于若然應該是這裏最差勁的，畢竟她跟李傑一樣，做學生的時間都還算不上長，但是，她的表現也還算不錯了。

李傑唯一不滿意的就是器械護士。兩個器械護士都不是那麼機敏，甚至有一個遞錯了手術器械。李傑又看了一眼名單，那個應徵器械護士的叫做王麗的是護理本科畢業的，在醫院待過兩年，應該是一個不錯的護士，可惜沒有來，李傑不禁又為器械護士發愁。

總的來說，手術進行得很快，這些由年輕人臨時組成的團隊能達到這個程度讓人難以置信。他們都可以算是精英，雖然難以取捨，但是李傑還是確定了自己的人選。

「今天各位就到這裏吧！先回去休息，我會儘快通知大家結果的！」

李傑一句話就讓這些滿懷期望的人解散了。李傑雖然在心裏有了結果，但不好當面公佈。如果說了出來，那些落選的人面子上怎麼過得去？

大家雖然不願意，但也沒有辦法，只能回去等消息。于若然看了李傑一眼，想說些什麼，卻又忍住了。

李傑本來覺得手術的準備時間很倉促，但是從今天團隊出人意料的表現看，這種擔心完全沒有必要。

團隊已經基本確定了，李傑覺得應該去告訴馬雲天院長，然後召集團隊馬上開始手術的準備。

這兩個動物心臟手術持續的時間很長，時間已經到了中午，李傑突然覺得肚子有點餓了，而且在這個午飯的時候去找馬雲天也不太合適，他決定先去吃飯再說。

李傑剛剛走出校門，卻在門口的報亭停下了，他發現報亭窗戶上的報紙，頭版頭條又是關於他李傑的。

李傑上頭條的時候也不少了，他從來不管別人對他的看法。他的原則就是，別人愛說什麼說什麼，反正自己不痛不癢。但這次他卻忍不住買了一份報紙，他想看看這篇文章如何評價他，看看那天在學術報告上讓他動怒的傢伙寫的是什麼。看看這個叫做袁州的著名「黑嘴」評論家到底有什麼能耐。

李傑一邊走一邊看著報紙，他想笑卻又笑不出來，想怒也怒不起來。他本來就是想看看這個傢伙是如何評價的，也沒有想過這個傢伙會如何影響到自己。

不看還好，這一看完，李傑還真是有點受刺激了。李傑手中的報紙上，這篇文章全部都是詆毀李傑的話語。

這個叫袁州的記者果然可惡，說他是知名黑嘴不爲過。他是經驗豐富的人，什麼地方是敵人的薄弱點，什麼地方最容易讓大眾贊同自己，他都很清楚。如果不明情況的人看了報紙，肯定會覺得他說得很有道理。

袁州在報紙上將李傑的生平事蹟做了概括敘述，並且在文中嚴肅質疑李傑這個所謂天才的真實性。他列舉了李傑生平的幾個手術，以及取得學位的過程。

他主要質疑的就是李傑的手術幾乎都有一個厲害的助手，他在這裏質疑這個手術真正的主刀是助手。特別是李傑母親的手術，這個讓他真正進入最頂尖醫生行列的手術，袁州甚至懷疑這個手術的真實性。

他列舉了大量的事實證明醫生不可能給自己的親人手術。

關於李傑學位的問題，他也多處質疑，甚至說到了張凱的頭上。他認爲李傑不過是官僚博取成績的工具。

他不愧是個職業黑嘴，李傑恨恨地想著。

這篇文章影響了他。他不自覺地掏出手中那個寫著名字的小本子，對著那寫滿名字的一頁歎了口氣。他必須對這個剛剛確定的手術團隊再作調整。

袁州的報導在社會上引起了軒然大波。他最近知名度很高，甚至成爲了百姓茶餘飯後的話題。這次著名的打假鬥士袁州的質疑，讓很多人相信李傑就不是一個清白之身。

中國人奉行「清者自清，濁者自濁」這樣的信念，認爲君子對於謠言應該一笑了之，但是李傑不是聖人，他不能坐視不理。

馬雲天也看到了這個報導，他還爲李傑擔心了一番，可是沒過多久，他就放下了心來。

從李傑的表現來看，他覺得李傑似乎還不知道這件事情，因爲他根本沒有絲毫的反常表現。

「這個就是名單！」李傑說著將名單遞給馬雲天。

馬雲天接過名單，發現自己還是錯了，李傑還是受到這件事情的影響了，這從名單上可以很明顯地看出來。

第一助手的名字赫然是于若然，是這個在馬雲天看來最不可能成爲助手的助手。

馬雲天覺得李傑比自己還瘋狂，竟然在最重要的位置上選擇了于若然，這個他曾經的同學，資歷最低，也可能是水準最差的人。

「不用擔心，我這是經過仔細考慮的。我說一下我的看法，先說那個器械護士，這也是沒有辦法的辦法。聽說她跟著王永做過手術，技術想必不會很差。與她相比，現有的兩個護士雖然來參試了，但技術不過關。」李傑看出馬雲天的疑惑，解釋道。

「王永的手術很講究節奏。那是他獨有的節奏，如急轉翻騰的河流一般，很難適應。王麗可以在他的手下做幾台手術，可見實力不一般。」李傑接著說，「至於助手，于若然在這次測試中表現很精彩。作爲一名學生，算發揮得很好了。」

李傑沒有再多說什麼。事實上，在他心裏，理想的第一助手本來是第一附屬醫院的一個醫生，但是爲了讓袁州閉嘴，李傑決定不再挑選成熟的醫生。

他出人意料地選擇了于若然，一個顯然比李傑還要差很多的在校學生。這次無論誰也不能說李傑不是真正的主刀了，不能說李傑的手術其實都是靠助手來完成的。

見李傑這樣說，馬雲天也不再多說什麼，李傑是主刀醫生，所有的事都應該交給李傑來負責。

「那一切就拜託你了，我們已經被這個袁州逼到了懸崖邊。如果失敗了，你可真是跳進大海也洗不乾淨了！」馬雲天語重心長地說道。

「那個王麗，我必須見她一面！」李傑想了想，說道。

于若然做助手這一點很薄弱，如果用差一點的器械護士，會同時有兩個薄弱點，這會讓他很吃力，而這個王麗的簡歷上寫著曾經在王永手下做過器械護士。所以，雖然王麗沒來測試，李傑還是確定了這個人，但是，他覺得必須見一下本人。

「好的，我打個電話找他出來！」馬雲天回答。

夏天的太陽炙熱無比，令人難以忍耐，李傑覺得自己快變成焦炭了。他本來就黑，再這麼一曬豈不更像焦炭？

馬雲天告訴李傑，說王麗在十五分鐘以後會到校門口找他，可時間都已經超過半個小時了，她竟然還沒有到達。

李傑的紳士風度快要消耗殆盡了，他恨恨地想著：「她不過是一個小護士，憑什麼讓主刀醫生等，難道就因爲她是女人？」

「請問你是李傑麼？」在李傑馬上要走的時候，他突然聽到一個人對他說話。這聲音不似女子柔美，也不像男人那般粗獷，聽起來很不悅耳。

李傑的第一印象就是王麗來了，他顧不得細想這人的聲音怎麼樣，現在他只想好好教訓一下這個目中無主刀醫生的護士。

「你！你……」李傑看著這人，半天沒有說出話來。

眼前的人竟然是一個男人，這是一個身材纖細的男人，皮膚白淨，打扮得很時尚出彩。

李傑沒有想到，等了半天竟然等出這麼一個人來。

「你就是李傑吧！你手術很缺人麼？就差這麼一個器械護士麼？」這纖細的男人微怒道。

李傑明白了，這個傢伙原來是王麗的男朋友，大約是吃醋而來的！這個傢伙也太小心眼了，怎麼這樣啊！不過是同事而已，竟然也要管，這個男人真是沒救了。

「事情不是你想像的那樣，你放心，我跟王麗沒有任何關係，我都不認識她！更不會喜歡她，你就放心吧！我們這次不過是合作一個手術。」李傑解釋道。

不解釋還好，這一解釋，李傑覺得眼前這個文靜而纖細的男人更怒了。李傑也不是什麼好脾氣，本來那個王麗已經讓他等了這麼久，這回又來了個不分青紅皂白的傢伙。

「你愛信不信，懶得跟你說！」李傑不耐煩道。

「你聽清楚了，我就是王麗！」他憤怒地辯解道。

李傑差點暈倒，王麗居然是個男的！就是眼前這個纖細而文靜的男人，穿著時尚，說話有些軟軟的男人。

第九劑

男護士

李傑心想，男護士不好找，特別是中國，男護士就像珍稀物種一樣。
這回可讓他撞上了，他說什麼也得把他留下來。
在手術台上，李傑跟男護士合作過，
男護士在體力、耐力、心理、思維、反應等方面有自己的優勢。
例如，有時手術需要壓迫動脈止血，護士要長時間用力按壓患者動脈，
一般女性護士用力按壓一段時間，手就會發抖，而男護士則可以用力按壓更長的時間。
還有就是，在思考問題的方式和角度方面，男護士也常常比女護士更為活躍。
在對各種醫療器械和電子設備的使用和掌握上，
男護士也常有較為突出的表現。

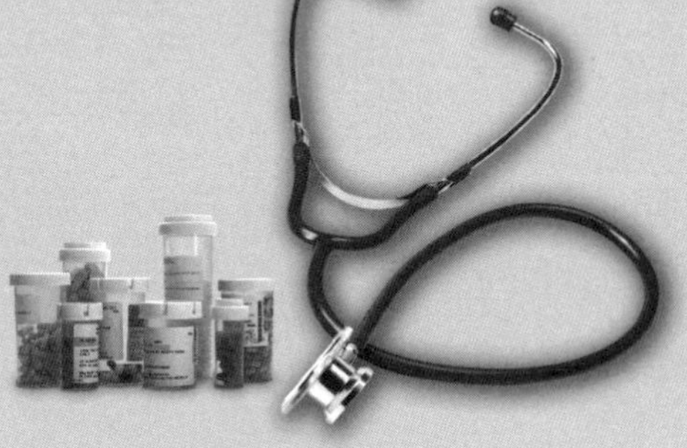

李傑在前一世還認識不少男護士，這是男人一個最尷尬的職業。中國人傳統觀念比較深，對於國人來說，護士就應該是溫柔可愛的，一個大男人當護士，無論如何也接受不了。

王麗當這個護士可是沒少受苦，醫院裏沒有女人願意讓他打針，他幹的也多是體力活兒。

生活上，職業也爲他找女朋友帶來了困擾。不少心儀的女子因爲聽到他的職業是護士而不願意再與他交往。

「對不起，對不起！我誤會了！」李傑笑道。這個男人當護士也就算了，竟然還起個女人常用的名字。

「算了，我讓你等了這麼久，我們算是扯平了。我想知道你爲什麼選擇我？我可是連你的測試都沒有去啊！」

頭頂上炙熱的太陽讓李傑渾身是汗，他也不想多跟王麗廢話了，於是說道：「我就是看重你跟王永主任的幾次合作，能當王主任的器械護士，你應該有不錯的能力！」

「對不起，我不想當護士了！你另找他人吧！」王麗說完轉身就走。

李傑一把抓住他說道：「你有沒有搞錯啊，說不幹了就不幹了！你是小孩子麼？男護士又怎麼樣？」

王麗一把甩開李傑的手，氣憤地說道：「當個手術護士，在手術室當然沒事，男女的確是一樣的，但你能理解我在醫院和生活裏的痛苦麼？」

「如果你有實力，可以永遠留在手術室！如果你沒有實力，你去哪裏都一樣！」李傑淡淡地說道。

李傑心想，男護士不好找，特別是中國，男護士就像珍稀物種一樣。這回可讓他撞上了，他說什麼也得把他留下來。

在手術台上，李傑跟男護士合作過，男護士在體力、耐力、心理、思維、反應等方面有自己的優勢。例如，有時手術需要壓迫動脈止血，護士要長時間用力按壓患者動脈，一般女性護士用力按壓一段時間，手就會發抖，而男護士則可以用力按壓更長的時間。

還有就是，在思考問題的方式和角度方面，男護士也常常比女護士更爲活躍。在對各種醫療器械和電子設備的使用和掌握上，男護士也常有較爲突出的表現。

在自己做李文育那個已十分開放的時代，男護士尚且不多見，更別說現在這個社會了。自己馬上要做手術了，眼下正缺人，李傑沒有理由不想辦法說服他。

王麗顯然對李傑的話有幾分動心，當護士最怕的就是被人瞧不起，其實他對這個工作倒是十分熱愛的。

如果能做手術室的專職護士，那他無論待遇，還是地位都將提升一大步。李傑的這個手術影響很大，成功的話，可以給他帶來一個成爲手術室專職護士的機會。其實，他不做護士的想法也是一時衝動，才談的女朋友又一次因爲他是護士而跟他分手了。

「這可是你說的，你不能反悔！不過，我有個條件，如果我能達到你的要求，你要確保我以後當專職的手術護士！」王麗說道。

這個王麗還真是衝動，不過，這種小孩子的脾氣，直來直去的性格讓李傑很喜歡。

「確定，如果你不相信，可以立字據！」李傑玩笑道。

王麗當然明白這是玩笑話，他賭的就是李傑的一個承諾，賭的是自己的技術無人可比和手術的成功。

他當護士完全是偶然。因爲名字像女生，被老眼昏花的招生辦的人分配到了護理系。當一切誤會解釋清楚的時候，他卻又發現，自己正撞上學校教育試點改革，他又理所當然地成爲了第一批男護士。

他是欲哭無淚啊！在他看來，一個男人當護士，相當於頭上頂著屈辱二字。因爲是第一批男護士，學校連衣服都沒有準備，開始的幾個月做護理實驗，就連護士服都是穿女式的。

在無數的不瞭解與鄙視之後，他終於崩潰了，想要離開護士這個職業，但是今天他卻找到了一個知音。

他覺得自己就像被埋沒的千里馬遇到了伯樂，李傑竟然對男護士一點偏見沒有，甚至還很喜歡在手術台上用男護士。

李傑對這個王麗說了很多鼓勵的話，彷彿在他心中點燃了一個小火爐，把他說得暖暖的。

現在李傑可以確定，這個護士已經被自己套在了手術台上，絕對不會反悔了，如果這個護士能發揮到給王永當手術助手的水準就可以了。

馬雲天將入選的消息通知了每個人，于若然很是高興自己能成為李傑的助手。

這個有點邋遢的李傑一直是她追逐的目標，也不知道為什麼，李傑離開以後，她應該很輕鬆才對，因為沒有搗蛋的人了，可事實上，她總是覺得少了點什麼。漸漸地，她總是看到李傑在各種場合露臉，一步一步地攀爬到更高的位置，成為矚目的焦點。

為了拉近和他的距離，她開始更加拚命地學習。于若然本身就是一個才女，從小就很聰明，並且一直很刻苦學習。她雖然沒有李傑那麼厲害，但是到現在也修完了大部分課程。

這個手術她本沒有資格來做的，因為她甚至還沒有博士生畢業。她自己甚至都沒有想過可以被提到名單上，也沒有想過可以被李傑選爲第一助手。

李傑覺得于若然是有點運氣，她能上名單，是因爲馬雲天想多找一個天才，而她于若然在學習上的確很不錯。

至於李傑選擇于若然，那是因爲袁州這個黑嘴的緣故。

李傑覺得于若然運氣好，但于若然卻覺得她跟李傑有緣，從那天在學校裏見到李傑的時候，她就覺得自己跟李傑有緣分。

無論運氣還是緣分，于若然已經成爲李傑的助手。李傑對人要求其實是很嚴格的。他不會因爲關係好而放鬆對她的要求。于若然當然也很努力，她對於手術的理解，或許只限於這個法洛四聯症。如果拉她出來單獨做一個別的手術，恐怕她連被提名加入這個團隊的機會都沒有。但她可以做這麼一個手術就可以，已經達到了李傑的要求。

李傑在組建著自己的團隊，另一邊媒體卻打起了口水仗，趙致這方面的媒體當然支持李傑，袁州則是萬般詆毀他。

李傑對他們激烈的口水仗卻不聞不問，他在學校的臨床教研大樓裏等待著團隊的聚集。

李傑是一個急性子。上午剛剛確定了名單，下午就聚集了這些人做第一次合練。在一個團隊中，最重要的個人的能力是無法完全說明一個團隊的實力的。有的時候，一加一會小於二，但有的時候一加一會大於三。團隊成員的配合是一件很奇妙的事，有時候，這是一種無法琢磨的東西。

李傑這個手術團隊看起來很怪異，年紀最大的麻醉師也不過二十七歲而已，最小的就是主刀醫生李傑，才二十出頭。年輕是他們的一個重要特點，另一個奇怪的地方就是，他們的器械護士是一個高個子的男性，而助手則是一個年輕的小姑娘。

這樣的團隊如果在電影裏出現，人們肯定會認爲這是偶像劇，而且還是一個低劣的偶像劇，最起碼作爲主刀醫生的男主角太年輕了，一般來說，主刀醫生是不可能這麼年輕的。還有一點，作爲偶像劇，男主角李傑的外表不太合適，他更傾向於是實力派人物。

但就是這麼一個讓人覺得奇怪的團隊，確是真實存在的，這個團隊能做好的手術或許也就只有法洛四聯症這種手術。

事實上，這個團隊也就是爲這種手術而組建的。誰都知道這種手術以後，團隊要解散，每個人都有自己的路要走！沒有人會想，如果回來怎麼樣？他們現在只關心眼前的手術。

無影燈下，消失的不僅僅是影子，同時每個人的雜念也都消失了。每個人心中所想的只有眼前的手術，百分之百地投入手術是李傑最低的要求。

現在他們在做一場實驗手術，可憐的實驗動物在麻醉師的倒數計時中陷入了昏迷。

一柄普通的手術刀到了李傑的手裏總是會變得不平凡，在那雙靈巧的手指揮下，手術刀劃出完美的直線，劈開胸膛，剖開心臟。

李傑的動作很快很熟練，團隊其他人也很快速，能夠跟上李傑手術速度的人不多。現在李傑雖然沒有盡全力，但這些人可以跟上他現在的速度就已經很不錯了，這已經讓李傑很滿意。

特別是器械護士王麗，這個男護士的確有一套，他對手術的預讀能力很強，整個人彷彿機器人一般有條不紊，器械總是能恰到好處地遞到李傑的手中。

于若然的實力也達到了李傑心中的最低標準，她很努力地追隨著李傑的動作，但李傑速度太快，她也只能剛好跟上而已，而且有時候還需要李傑的提醒。

如果第一助手這個位置是李傑事先選好的第一附屬醫院的醫生，甚至是王永主任，那這個手術的效率將會提高很多，怪只怪那個可惡的袁州搗亂，李傑爲了不讓他繼續造謠，只能選擇于若然。

動物手術不過是個演練，李傑將動物的心臟剖開，然後取下一塊心肌，最後縫合。

整個過程不過一個多小時而已，手術很完美，動物的生命體徵也很穩定。最重要的是，整個團隊得到了檢驗。這些人在一起，第一次配合就能到這個程度，已經算合格了。

李傑摘掉口罩，脫下手術衣，這個小手術雖然短暫，卻也累出了一身汗。他覺得自己身體有點虛，特別是手術，會讓人感覺很疲累的，但還不至於像今天這樣。李傑覺得，這大概是因爲最近一直比較累罷，所以也就沒有在意。

李傑暫時解散了團隊，他覺得到這個程度已經差不多了，再合練也不會有什麼效果。手術前，他只會再集合團隊一次，以便討論病人具體的病情。

手術團隊的問題解決了，李傑覺得，這次只要手術成功就可以讓袁州閉嘴，這次手術的主要難度當然還是在主刀醫生這裏，其他人雖然也很重要，但終究只是配角。

整頓完了手術團隊，李傑打算再去醫院一次，將病人最詳細的資料再看一次，以確定一個最完美的手術計畫。

第一附屬醫院的白色外科大樓是每一個醫學生的夢想，這裏是ＢＪ最好的醫院之一，可李傑卻註定不能在這裏工作。

王永必須是第一把刀，而他李傑絕不做第二。

對於此，李傑只能搖搖頭。一山不容二虎，爲了情誼，爲了王永曾經照顧他，他不能奪王永的位置。

在醫院裏，李傑都是躲著王永走，否則，見面只會尷尬。就在李傑有點偷偷摸摸地去拿病人資料的時候，卻意外地遇到有人喊他。

李傑回頭一看，竟然是那個冰山般冷漠的美女艾雅。也許是因爲李傑上次見到她哭的模樣，她在李傑面前還有些靦腆，不過，那副冷冰冰地拒人於千里之外的樣子還在。

「上次，謝謝你！」艾雅說道。

「哦？我做過什麼嗎？」

兩個人都明白相互的意思，艾雅是今日剛剛得到的消息，韓超今天上午才圓滿地完成了任務。她此刻是第一次覺得李傑還是一個不錯的人。

李傑此刻裝作什麼也不知道，不過是爲了照顧她的面子，免得她更害羞尷尬而已。

「好了，我走了，期待你法洛四聯症手術的表現。加油！」

有時，幫助別人不過就是一句話的事，但是得到的卻是一個人的感謝和永遠的好印象。

李傑拿著患者的資料準備離開，但轉念一想，又轉過身去，他打算去看看患者。

當李傑推開病房門的時候，他卻發現病人的父母正在拆患者的氧氣罩。

李傑一看，這怎麼能行，大喊一聲：「住手！」然後他一把奪過患者父母手裏正在拆卸的各種儀器管線。

「你們這是做什麼？難道不顧你孩子的死活麼？」李傑憤怒地質疑道。患者的病情很不穩定，他們這麼做，無疑會害死孩子！

「你讓開！我的孩子不用你管！」孩子的父親憤怒道。

「如果你想讓你的孩子死在這裏，你就過來！」李傑冷冷地說道。他現在對這兩個冷血的父母有些憎恨。

孩子的母親一聽，拉著她丈夫的手說道：「你別激動，咱們去辦出院手續去！別吵架！」

李傑一直在疑惑他們爲什麼突然要出院，兩個人偷偷摸摸地出院又是爲了哪般？難道他們真不顧自己親生兒子的死活麼？

這個家庭的條件李傑也是多少聽到過一些的，因爲家裏沒有錢，所以才同意承擔風險，讓李傑用最新的方法在病人身上做手術。

「你們兩個難道想後悔一輩子？你們要知道，這個孩子如果不手術必死無疑！」

患者的父親瞪了李傑一眼，憤怒地說道：「你少在這裏貓哭耗子假慈悲，留在這裏才是必死無疑。別以爲我不知道，你們根本是想用我兒子當試驗品，在你們眼中，我兒子也就是一個小白鼠！」

李傑一時語塞，不知道怎麼回答才好，這個患者的確是臨床的實驗病人，但是卻絕對不是他們想像的那樣，是一隻小白鼠。

「等等！如果你們不想讓孩子接受新的手術方法也就算了，要是此刻辦出院，孩子還是會死！」李傑勸慰道。

「呸！你少在這裏裝蒜了，如果留在這個醫院，你們肯定會偷偷摸摸地將我兒子當試驗品做手術！我不會讓我兒子留在這裏！你給我滾開！」患者的父親吐了一口唾液後，怒罵道。

「是袁州告訴你們的吧！」李傑突然說道。

「啊！你怎麼知道！」孩子的母親剛剛說完，才發現自己說漏了嘴，待她捂住嘴巴，卻已經來不及了。

李傑現在是第一次對這個袁州有了恨意，這個混蛋已經不僅僅是人品有問題，而是一個惡棍。他爲了自己的名譽、地位、金錢，不惜一切手段，不惜犧牲任何人了！

他爲了對付李傑，不惜顛倒黑白，甚至欺騙這對可憐的夫婦，害死這個年少的患者。

這對夫婦雖然對李傑很不友好，但李傑不怪他們。這兩個人不過是兩個可憐人，被人利用的可憐人。自己的孩子都要死了，竟然還相信那個袁州。

「你們可以不相信我，但是你們要知道。這個孩子會死的！這樣吧，陳書記你們相信麼？就是抗震救災的陳書記！」

李傑不是一個聖人，面對著這兩個人極度不友好的嘴臉，他不生氣那是不可能的。他真想不管這一家子人，讓他們自生自滅算了。

但是轉念一想，他覺得自己不能這樣，他們不過是中了袁州的計而已，如果自己真放他們自生自滅。兩個人後半生都會活在喪子之痛中。

自己的那點小委屈比起喪子的痛苦來說，實在差得太遠了。他只能忍耐，將這怒火與恨意留給袁州。

「你又想怎麼樣？」孩子的父親警惕地說道。

李傑有些恨這個父親，憑什麼就相信袁州，難道就因爲他長得道貌岸然？因爲他年紀比較大，就覺得他可靠？而他李傑就因爲年紀太小，就一定是庸醫麼？

「陳書記也是我的病人，你們可以問他關於心臟病的問題！我可向你們保證，我沒有騙你們，如果我是那種騙子，陳書記也不會給我作證！」李傑淡淡地說道。

如果這麼說還不能改變他們倆的主意，那李傑就只有一個辦法了。那就是利用合同，兩個人已經在手術協議上簽了字，具有法律效力的。

但李傑知道，這麼做肯定是袁州所希望的，就算李傑做成了手術，袁州也會利用這件事情來打壓他。那麼，最後還是袁州這個「黑嘴」成功地黑掉了李傑。

兩個人對望了一眼，然後異口同聲地說道：「讓我們考慮一下！」

人總是覺得自己聰明，可以洞悉一切騙局，卻不知道其實他們此刻正在局中，身如棋子地任人擺佈著。

這對可憐的夫婦被袁州利用，還以爲自己碰到了好人。他不但承諾幫這個孩子治病，而且還可以幫助他們逃離第一附屬醫院的這個陷阱。

人總是喜歡把自己往好的方向想，不願意面對那些不好的事情。他們從來也不想，爲什麼天上掉餡餅的好事會輪到自己的頭上。他們從來也不想想，袁州幫他們是爲了什麼？難道那個袁州可憐他們，就可以爲他們出幾萬元的手術費？

商量了好一陣也沒有個結果，於是孩子的父親對李傑說道：「讓我們見見陳書記吧！」

李傑本不想打擾陳書記，但是關係到人命的事情也沒有辦法了。李傑帶著孩子的父親走到陳書記的特護病房門口，突然站住了。

「進去的時候，先不要亂說話，我讓你問的時候你再問！陳書記也是病人，受不了嘈雜。」說完，李傑推開病房門走了進去。

艾雅此刻正在哄陳書記吃飯，但陳書記怎麼也不想吃，在艾雅的逼迫下才勉強地吃了幾口。當他看到李傑，就知道救星來了，於是，他熱情地招呼李傑來坐。

李傑將大體的情況跟陳書記說了，很詳細地說明了這個手術的安全性。陳書記本應該相信李傑的，可是他畢竟是一個官員，不是一個醫生。雖然李傑救過他，但是本著公正的原則來說，他的確不能判斷李傑是不是真的有把握。

陳書記猶豫的時候，他想起了艾雅，這個丫頭也是醫生，並且還是一個很有名氣的醫生，最重要的是，她不會騙人。想到這裏，他向著艾雅發出求救的目光，冰雪聰明的艾雅一看便知道。她頑皮地看了李傑一眼。

李傑一看就知道糟糕了，陳書記詢問艾雅的意見，那自己不是要完蛋？艾雅一向對自己的醫術印象不好，總說他是庸醫。

在他冷汗直流的時候，艾雅卻對陳書記點了點頭。陳書記得到明確的答案後，也直接給李傑作了證明。

李傑這次放下心來了。多虧了艾雅沒搖頭，這或許是因為他那天好心對著她說了安慰話吧！事實上，自己在艾雅心目中應該還是個庸醫。她今天幫自己一把則是對自己的一次報答，李傑鬱悶地想。

陳書記是患者，李傑也不好再過多地打擾，得到肯定的答覆以後，他就離開了。在病房外，那小孩的父親一句話也不說，李傑也不知道他到底在想什麼。

「『生命之星』的成員，應該對弱勢的患者有一顆憐憫的心，應該誠實，不能爲了利益欺騙患者，要堅韌，作爲一個醫生必備的精神是堅忍不拔，永不放棄！」李傑努力地控制著自己的怒火，心中默念著。

「我相信陳書記，也相信你，但是我還是想轉院治療！」患者的父親說道。

他的頑固讓李傑差點沒氣死，這個傢伙怎麼就那麼相信袁州，他那張嘴有什麼本事？居然讓人這麼相信他。

袁州這個傢伙就是想逼迫李傑動用手術協議的規定來強行執行手術。這樣就遂了他的心意了，因爲把事鬧大，甚至對簿公堂，他就達到了干擾的目的。事後，無論手術成敗，對他都沒有什麼影響。

「你要想好了，這一切都是在用你兒子的命運來冒險！」李傑冷冷地說道，然後轉身離開了。

李傑找地方打了幾個電話，不是打給別人，他是將手術團隊召集起來，想立刻對手術展開研討，準備手術。

他已經決定了，不管患者的父母願意不願意，他都打算給孩子做手術，手術的時間將會提前。他會找一個機會，偷偷地將這個手術完成。

這會冒很大的風險，但是爲了不讓這對可憐的被人利用的父母後悔一輩子，李傑只能這麼做了。

李傑的臨時集合雖然讓手術團隊成員有些意外，但沒有人多說什麼。他們都急匆匆地趕了過來。

放下電話，李傑又不是很放心，他打算再去看看患者。剛才患者父母想私自偷偷出院或許會對患者造成什麼不良影響，他想去看一下。

李傑總是在想著怎麼幫患者，可是到病房門口的時候，「一盆涼水」將他那顆善良炙熱的心變得冰涼。病房裏除了患者的父母，還有那個「黑嘴」袁州，他們正以一種激烈的類似爭吵的語氣在談論著。

「病人必須出院，留在這兒很危險，或許今天晚上就會被拉去做手術了！」袁州說得很嚴肅，他的恐嚇立刻起了作用。

兩個人很慌張，低著頭討論著，最後終於點頭同意了。

李傑覺得好心當做驢肝肺無外乎此，如果袁州不信李傑也就算了，可是這對糊塗父母，李傑真心對他們，可他們依然不信李傑。

「都給我停下！要出院就去辦手續！我不會再攔著你們，孩子的死活由你們個人負責！」李傑怒道。

患者的父母均流露出羞愧之色，他們現在也明白了，李傑是一個好醫生，但是，如果在這個醫院，孩子只能接受沒有使用過的手術方法治療，他們還是不想這樣。

眼前的這個叫做袁州的則是保證用最正規的療法來治療孩子，爲人父母不能不爲孩子著想，他們當然想讓孩子接受最好的治療。

「李醫生這麼大的火氣啊！難道病人賣給了你們不成？走還不讓走了？」袁州奸笑道。

李傑也不理這個傢伙，袁州就是仗著牙尖齒利，會說而已。自己是個醫生不是律師，沒有必要跟他說那麼多。

「手續不辦不能出院，這是規定！還有我最後一次警告你們，如果孩子出現什麼問題，由你們自己負責！」李傑說道。

他本來還抱著最後一絲幻想，希望這對父母早點覺悟，但看到他們點頭同意辦出院手續後，李傑知道這對父母肯定會後悔。

「不能去，咱們直接走就完了！去辦什麼手續，他是在拖延時間，肯定有什麼陰謀詭計！」袁州胡攪蠻纏道。

「袁州，你給我閉嘴，你已經觸及了道德的底線，知道麼！爲了你個人的利益，你想害死這個孩子麼？」李傑怒斥道。

袁州在李傑的怒斥下，臉不紅心不跳，甚至眼睛都不眨一下，繼續說道：「不知道是誰謀財害命！」

這個傢伙用心險惡，李傑覺得他根本就沒有想救這個孩子，他就是想偷偷地將這個患者弄出醫院。如果孩子死掉了，那也是第一附屬醫院的責任，是李傑的責任。他可以將這對父母的仇恨轉嫁到第一附屬醫院的頭上，索取巨額醫療賠償。

當然，袁州也想過，這對父母可能會恨他，但他相信，憑藉自己的三寸不爛之舌，絕對可以說服這對父母。

正在爭執的時候，床上的患者突然發生了變化，他皮膚上紫色區域迅速蔓延，並且呼吸困難，身體抽搐。

「滾開！」李傑怒道。然後把擋路的袁州推了個踉蹌，跑上去檢查患者。

患者肺血流量突然減少，目前嚴重缺氧，必須急救，否則必然性命不保。李傑扯下幾條止血帶，在病人的四肢根部捆綁。

這樣可以減少四肢靜脈的回流量，增高體循環阻力，從而使肺部血流量增多，動脈血氧飽和度升高，症狀得到減輕。

李傑又給病人注射了嗎啡來緩解病人的缺氧症狀，他急救得很即時，也很有效。懂行的醫生如果看到這些，肯定會覺得李傑很厲害，反應很快，竟然用止血帶來壓迫靜脈，減少血液回流。

「必須馬上手術了，否則他挺不了十分鐘！」李傑冷冷地說。

「別相信他！孩子沒事，可以馬上出院！」袁州依然叫囂著。

但他這次卻再無法成功，現在孩子的雙親已經不相信他了，剛才情況危急，如果不是李傑在，也許孩子就死掉了。這個總是說會幫自己的袁州剛才卻什麼也沒有做，只是在那裏看著，說著風涼話。

「手術，我同意手術！」孩子的父親終於下決心道。

袁州一聽，如果進了手術室，那計畫不是失敗了？於是，他又想說什麼，卻被李傑給粗暴地打斷了。

李傑此刻也是憤怒到了極點，顧不得那麼多了，他抓著袁州的衣領狠狠地說道：「這次你輸了！但我們倆還沒有完，你觸犯了我的底線，我絕對不會放過你！」

他一直都很討厭袁州，但也只是心存恨意而已，可是此刻，他卻下定了決心。袁州這樣的人就是一個禍害，現在手術要緊，手術結束以後，絕對不會放過他！

李傑說完，招呼護士將病人推到手術室。此刻，著急中得到通知的手術團隊成員也正好陸續到來了。

紅燈亮起，誰也不知道燈在熄滅的那一刻會有什麼樣的結果。

第十劑

年輕的手術團隊

無影燈下，患者瘦弱的身體上鋪著大大小小的方巾，只有心臟部位露出一小塊來。
器械護士王麗準確地遞過來手術刀，李傑毫不猶豫地展開手術，
身為助手的于若然則快速將流出的血液抹去。
李傑的手術，每一步都如經過精確計算一般，準確而快速，
他似乎是天生為手術而生的機器一般。
在手術台上，只要綠衣在身，手術刀在手，他似乎就可以無所不能。
于若然是第一次上手術台做大手術，而且她一下子就做了這種重要手術的助手，
她自己都覺得似乎在做夢一般。

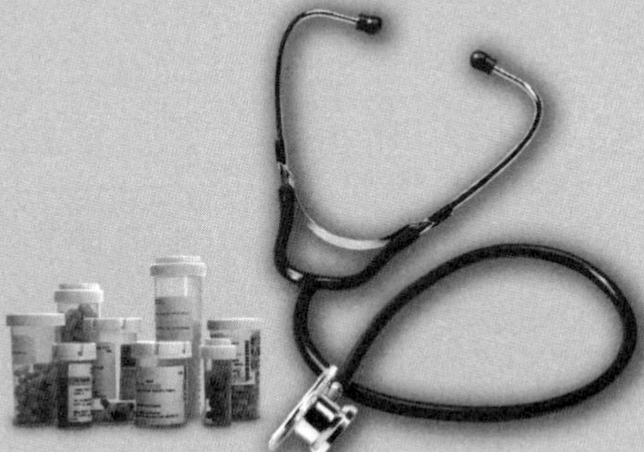

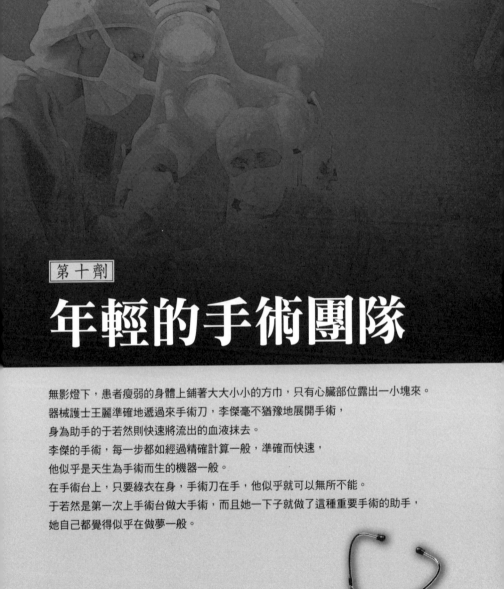

年輕的手術團隊並沒有因爲緊急決定做的手術而有絲毫的慌亂。專業的團隊隨時都會準備著面對風險，所以此刻即使沒有通過術前的研究，他們依然顯得信心十足。

在患者進入手術室的那一刻，這個年輕的團隊就已經準備好了戰鬥，當主刀醫生李傑穿好手術服走進手術台的時候，一切都已經準備好了。

無影燈下，患者瘦弱的身體上鋪著大大小小的方巾，只有心臟部位露出一小塊來。器械護士王麗準確地遞過來手術刀，李傑毫不猶豫地展開手術，身爲助手的于若然則快速將流出的血液抹去。

李傑的手術，每一步都如經過精確計算一般，準確而快速，他似乎是天生爲手術而生的機器一般。在手術台上，只要綠衣在身，手術刀在手，他似乎就可以無所不能。

于若然是第一次上手術台做大手術，而且她一下子就做了這種重要手術的助手，她自己都覺得似乎在做夢一般。

然而這是真實的，她追求與李傑站在同一個手術台的夢想此刻實現了。

李傑的破格提拔其實是在冒險，于若然沒有做這樣大手術的水準。

如果出於對病人的考慮，他並不應該用于若然，但是李傑自己心裏也是有數的，其中一部分原因是袁州對他的誹謗，逼他不得不啓用于若然。不過，這個手術助手的環節雖然弱一點，卻並不影響手術的成敗。

李傑作為主刀，只要多照顧她一下，就可以了。而且這個手術是一個長時間的艱苦過程，其難度不在於手術的時間長短，而在於手術操作的精細，一個女性助手在耐心與精細方面的幫助也是不小的。

低溫麻醉讓患者睡得很熟。同時，患者還需要進行體外循環。

體外循環就是應用人工管道將人體大血管與人工心肺機連接，從靜脈系統引出靜脈血，並在體外氧合，再經血泵將氧合血輸回動脈系統的全過程。

這個過程需要將人工管道與血管相連，這個工作不是很簡單，需要足夠的耐心以及細緻的操作。平時，這都是由有經驗的主刀醫生來做，但是李傑看起來卻絲毫沒有動手的意思。他將患者胸腔打開以後，便對于若然說道：「你來做體外循環插管。」

手術台上主刀就是權威，他的話就要無條件地執行。于若然雖然驚訝李傑的決定，但是也沒有反駁，她接過護士遞過來的器械，開始一步步操作。

腔靜脈套帶、動脈插管、腔靜脈插管……

李傑一直在密切地監視著于若然的操作，時刻準備著在她發生錯誤時及時補救。于若然似乎知道李傑的心思一般，她雖然是第一次上大手術台，但是體外循環這種操作，她在動物身上不知道做了多少遍。此刻，又有李傑做後盾，她在手術台上做起來沒有絲毫新手的阻塞感，她大膽而又熟練地爲患者進行著體外循環的工作。

此刻，于若然儼然主刀，而李傑則成爲了助手，隨著體外循環的一步一步建立，于若然的信心也一點點建立起來。李傑終於拋下了最後的顧慮，就等體外循環做完，開始法洛四聯症的根治手術。

其實，李傑幻想過建立自己的一支團隊，特別希望有一個好的助手。眼前于若然的表現讓他想到，雖然年紀還輕，但是李傑卻覺得她很適合做助手。

不因爲別的，首先她很聰明，其次她是一個女孩，當然女孩上手術台的時候很少，原因很多，比如體力原因，一個手術如果時間長，可能會有幾個小時。

但女醫生也有一個優勢，她們的手小巧，相比男醫生來說，做精細的手術操作，可以更加快速，更加完美。

這次手術，李傑或許可以收獲一個好的助手，同時還有一個好的器械護士。唯一可惜的是，這個器械護士是一個男護士，當然李傑這種想法是從心態愉悅上來想的，雖然體力等方面更有優勢，但是李傑還是挺羨慕龍田正太，他有一個美女妹妹龍田虹野做護士。

到體外循環的最後一步了，阻斷升主動脈，做完這個，體外循環就算完成了，患者的心臟這時就可以停止跳動，整個心肺的工作都由機器來代替。

于若然提起升主動脈套帶，用主動脈阻斷鉗阻斷升主動脈，然後立即由主動脈根部的灌注管灌冷心停搏液，同時心臟表面用冰鹽水降溫，以使心臟迅速停搏。

體外循環完成，心臟此刻在低溫下停止跳動。李傑也放下心來，此刻，于若然已經信心十足，李傑讓于若然做體外循環的目的也達到了。

麻醉師密切地監視著患者的生命指徵，並且迅速地報告給主刀醫生李傑：「均動脈壓七十二毫米汞柱，中心靜脈壓六十毫米汞柱，八十毫米汞柱……」

在于若然做體外循環的時候，李傑就在觀察患者的心臟病變區的情況，其中右心室流出道，肺動脈總幹和左、右肺動脈狹窄病變情況最爲重要……

手術開始之前，李傑已經對這個患者的情況有了充分的觀察，從手術前影像學片子上，再加上現在開胸後的觀察，整個病變心臟的立體圖形都清晰地顯示在李傑的頭腦中。

現在，病人的心臟上插著無數個管子，看起來很是怪異。李傑在右心室流出道行縱切口，延伸入肺動脈總幹，心臟上此刻又多了幾個縫線與拉鉤以拉開切口。這可以讓主刀醫生有更大的視野來觀察心臟內的情況。

江振南教授的手術方法操作起來很困難，他的方法與前人的方法不同。以前的手術方法是據病症來尋找致病原因，從而制定手術的計畫。

而現在的方法是，無論什麼病症，只要是心臟內的畸形結構，都必須根除，同時對心臟進行修復，保證修復後的心臟各個組織的比例完美。

在切開右室流出道後，肥大的室上、隔束和壁束就立刻被看到了，這些都是需要切除的多餘的心肌……

手術是根據病理解剖的四個特徵做一步步的糾正，即肺動脈狹窄、心室間隔缺損、升主動脈開口向右側偏移和右心室向心性肥厚的糾正。

患者的生命此刻就掌握在李傑的手中，可能一個失誤，他的生命就此終結。

從手術室紅燈亮起的那一刻起，患者的父母就在不住地祈禱著，心始終懸在半空中不知如何是好。

他們有些懊悔，剛才李傑忙著急救，沒有說什麼，但是他們卻聽到其他的醫生說過，患者身體虛弱，術前必須安心靜養，特別是吸氧不能隨意間斷。現在，這對父母有些自責。如果不是自作主張地要偷偷出院，可能根本就不會出現這樣險些要了兒子性命的意外。

手術室外，除了病人的父母以外，還有袁州。這個傢伙剛才被李傑那兇狠的樣子嚇唬得不輕。他知道李傑對他恨極了，如果自己落在李傑手裏，肯定不得好死。

不過，他這會兒已經回過神來，對於李傑的恐嚇，他又變得不在乎起來。袁州覺得恨他的人多了，有多少人被他拉下馬，有多少人成了冤死鬼，又有多少人被他弄得身敗名裂。可他還不是活得好好的，甚至還有很多人支持他，崇拜他，歌頌他。他得到了金錢，得到了地位，得到了名望。

剛才他的確有點害怕，李傑有後台這件事情，他也是聽說過的。但是，他現在膽子卻又大了起來，他覺得李傑就算是真有殺了他的心，也是沒有機會的。因爲自己也不會給他這個機會，給了敵人機會就等於宣判了自己的死刑。

「哎，我說二位，你們不聽我的！現在孩子進了手術室。依我的看法，凶多吉少了！他就像一隻小白鼠，成了試驗品！」袁州一邊說著一邊觀察這對父母的反應。

兩個人此刻的全部注意力都在手術的成敗上，對於袁州的話根本不理睬。

袁州這次雖然沒有能夠將患者偷偷運走，但此行並沒有白來，在他看來，這個手術難度超乎想像，就算準備充分，成功率按推斷也不會多大，更別說此刻是臨時決定的手術了。

只要手術失敗，那麼就可以證明他袁州的話是對的。他袁州又一次揭發了社會的醜惡，又一次打擊了學術上的虛假。他會成爲英雄，成爲這個社會打擊虛假、消滅腐敗的英雄。

他做事從來就是陰狠毒辣，不會給對手留下任何退路。栽倒在他手裏的人，沒有一個能再爬起來。因爲他害怕，無論是被他陷害的，還是真正造假的，這些人都恨他。他們恨不得吃他的肉，喝他的血。

剛才李傑就是一個例子，那句「我絕對不會放過你！」還迴響在耳邊。

不能放過他，袁州下定決心，此刻心中已經有了計策。他覺得自己已經贏了，剛才病人的突發病情已經很明顯難以救治。李傑如果手術失敗，以後是做不成醫生了，但這還不夠，袁州要讓李傑永難翻身。

「二位不用擔心，這個李傑雖然有靠山，但是你們也不用怕他！社會還是有法律的，你們完全可以去控告他！手術你們可以一口咬定是他強行要做的……」

袁州正滔滔不絕地說著，突然感覺眼前的男人面色不善，接著就是眼前一黑，劇痛傳來。

原來是患者的父親再也忍不住了，就算他再糊塗，此刻也明白了誰是好人誰是壞人。他這一輩子都是在老老實實地做人，從小到大從來也沒有跟人打過架，甚至沒有跟誰紅過臉。

今天是他第一次動手打人，眼前這個袁州的可惡嘴臉讓他再也無法忍受。如果他沒有見過陳書記，或許他還會相信這個道貌岸然的袁州。

陳書記都已經確定了李傑是一個好醫生，並不是袁州口中的騙子，他又怎麼能不相信呢？

自己不過是一個小人物，普通工廠的工人而已，位高權重的陳書記是一個好官，他愛民如子的形象深入人心，他沒有理由去欺騙他一個小小的工人。

再想想李傑剛才在兒子危急時刻的急救表現，那種對自己孩子真心的關切，想想眼前這個袁州，他卻一直都是在說風涼話。他什麼也沒有做，他所給出的都是空頭的承諾而已，就連現在兒子在手術台上，他也是一樣。患者的父親已經明白了誰是真正的騙子。

袁州此刻腿腳發軟，再也堅持不住，他一屁股坐在地上。這一拳打得不輕，他臉上此刻已經烏青一片。

他憤怒極了，做夢也想不到會這樣，這個被自己玩弄於股掌之上的傢伙竟然會覺醒，竟然會反抗。

在袁州憤怒地想還擊的時候，他卻覺得眼前一閃。他以爲是幻覺，然後是更多的閃耀的光芒襲來。

袁州立刻反應過來，回頭一看，一個記者正在對著他拍照。

「你們來得正好，你看打人了，李傑醫生雇傭流氓打手行兇！」袁州似乎抓住了救命稻草一般地呼喊著。

記者卻不理他，如果是別的記者或許還會八卦一番，但眼前這個人並非別人，正是趙致。他聽到李傑提前手術的消息，就直接趕了過來，正好碰到袁州挨打這一幕。

「你放心，我會如實報導的！」趙致輕描淡寫地說道。

袁州一聽，立刻高興起來，但那張高興的臉馬上又因爲疼痛而變得扭曲，因爲趙致竟然在他臉上烏青的瘀血處點按了一下。

「哎，還傷得挺重，你真活該！死騙子，你放心，我會將你的所有底子都公之於眾！」

袁州見此狀，趕忙說：「道歉，道歉！我不是有意的，饒恕我吧！」

李傑不知道手術室外的風風雨雨，此刻，他正全神貫注於手術中，不敢有絲毫的分心。這是一個考驗醫術的手術，更是一個考驗耐心與毅力的手術。

江振南在改良這個手術方法的時候就想到過，如此繁複的手術更加適合心靈手巧的女性醫生，但是身爲主刀醫生的女性本來就很稀少，更別說能做這麼複雜手術的能力強的女性醫生了。

李傑的手術技術在外科醫生中算是翹楚，在手術台上，他同樣有著女性的耐心與巧手。即使是這樣難度的手術，李傑也是一如既往的快速。

法洛四聯症的手術，李傑做過無數，但用的都是其他的傳統方法。雖然這樣的方法是第一次做，但各種手術方法之間大體上差距不大，只是在最重要幾個關鍵點的處理方面不同。

李傑熟練的手術技術讓團隊的其他人不得不全力以赴地跟隨他的動作。其中最吃力的並不是第一助手于若然，在李傑的特殊照顧下，她還算可以，勉強跟得上。

最累的當屬器械護士王麗，手術複雜多變，對於手術器械的要求近乎變態。手術需要多種器械的不同種型號，本來就已經很困難，再加上李傑那非人類一般的速度，王麗有幾次差點弄錯器械的型號。

王麗雖然是學護理的，但是他們的課程卻有很多與臨床課程相同。他也跟隨王永做過幾次手術，眼界並不差。

他從來也沒有想過，李傑這個貌似普通忠厚的老實人竟然有如此驚人的能力，他看上去似乎要比王永還厲害幾分。

李傑的確要比王永技術高上那麼一丁點兒，這是因爲他本身技術就很好，再加上他知道很多領先於這個世界的手術技術。

糾正心臟的病變區域是法洛四聯症手術的永恆主題，眼前，手術台上患者的肺動脈略微狹小，右心室流出道不同程度發育不良。

手術再度面臨著選擇，患者的肺動脈瓣算是病變，但就算不管這個病變也是沒有太大關係的。如果在平時的手術中碰到這樣的情況，也許一些醫生會選擇忽略這個問題。但是，李傑卻絕對不會放過任何細節。他對於手術的要求一直都是很嚴格，甚至可以說是苛求。

他總是要求百分之百的療效，手術中能多做一些對患者有利的事情，他絕對不會放過，而有害的則儘量地避免。

但是這些都建立在一定技術難度上的，甚至還有一定的風險！今天這個手術的成敗，對於李傑意義重大。

輕微的肺動脈狹窄，如果解除這個問題，這對於病人是有好處的！但是李傑要冒著巨大的風險，如果一個不小心失敗了，那麼一切都毀了！

但是如果不解除呢？這個孩子永遠不可能跟其他的孩子一樣。他永遠不能運動，當其他男孩都在運動場上揮灑汗水時，他只能在一旁默默地觀看！

刀刃遊走，切斷漏斗部右心室游離壁與室上之間的肌束，切除流出道左側壁肥厚的隔束心肌，而保留了正常的心肌。

王麗覺得自己遞錯了手術刀，他剛剛以爲李傑不會理會輕微的肺動脈狹窄。因爲這個手術只要成功就好了，沒有必要冒著風險來管其他問題。

雖然是大號的手術刀，但李傑依然輕鬆避免了切穿心室間隔，避免切斷三尖瓣的乳頭肌。在那狹小的縫隙裏，他將肥厚的壁束心肌完美地作了修補。

切除的整個過程一氣呵成，刀法繁複絢麗，刀刃妖異地劃過心肌，避開了所有正常的肌肉，而又恰到好處地修復了病變的部位。

作爲一個好醫生，所有的一切都應該站在有利於患者的立場上考慮。李傑做到了這一點，手術最困難的一步已經完成了，回想剛才自己那一鼓作氣的舉動，李傑都有些後怕。如果在這個過程中手一抖，或許就會造成大出血，那可就麻煩大了。

可是還好，他這次又成功了，李傑覺得自己運氣不錯，手術雖冒險卻隨之總是精彩的成功！

「準備大十字補片！」李傑的聲音很平靜，但于若然卻感覺李傑瘋了。不過她一想，李傑一直都像瘋子，每次手術都會幹點瘋狂的事情！

如果這次手術太平淡，那就不是李傑做的手術了。于若然按照李傑的要求將補片做好。補片是心包片外襯滌綸的網片，它既具有一定牢度，又可防止滲血，是最合適的補片。

如果一條寬敞的河流，突然中間有一段變得很窄，那麼流動的河水在這裏將變得很湍急，時間長了，河水會對兩側岸堤造成嚴重的破壞。

如果這個狹窄段在河水的發源地，那麼它在下游有再廣闊的河道也無濟於事，水永遠也大不起來。

血管的狹窄與河道的狹窄差不多，眼前患者的動脈段狹窄發生在病人的心臟處，也就是血液的發源處，這嚴重影響血液流向肺部。

血液不能在肺部補充氧氣，也就造成了患者的缺氧，因此患者身體上多處紫癜。

李傑手術刀用得很順手，很多時候甚至代替了組織剪。這次也是一樣，器械護士王麗的剪刀一直拿在手裏，然後眼睜睜地看著李傑這個醫生不規範地操作著。

用手術刀一直是李傑的強項，他切開動脈，無論尺度還是位置把握得都很精準。這些都是簡單的，困難的在後面，那就是縫合。

動脈是血管中壓力最高的地方，縫合不牢固，術後病人必死無疑。江振南教授在這裏也是做了改進，改爲十字型的縫合。

李傑的縫合技術同樣一流，憑藉對距離的感覺，細膩的手指操作，針線行雲流水般地穿行於血管壁與補片之間，那感覺如侍女刺繡一般！

手術的時間已經過去了四個多小時，門口的患者雙親依然在焦急地等待著。那個「黑嘴」袁州早已屁滾尿流地逃跑了。

除了病人的父母，手術室門口還有其他的一些關心李傑的人。誰都知道這個手術的重要性，那個依靠禍害別人往上爬的袁州，已經將李傑推向了懸崖邊。

此刻的李傑手術成功則是登上頂峰，手術失敗則是墜落懸崖。

「手術真是慢啊！已經四個小時了！」趙致看著手錶說道。他很擔心李傑的這個手術，同時也深恨袁州。

剛才袁州挨的一拳不過是一個小教訓，並不能解除他的心頭之恨。這件事情報導出去也不會動搖他的地位，因爲他可以狡辯，即使這對父母出面作證，效果也是一樣。

不明真相的群眾，如果看不到證據，還是不會相信李傑。不過，以他袁州的人品，這樣的事情肯定沒少幹。相信時間一長，找到讓大家唾棄他的理由不會困難。想著這些，趙致陷入了沉思。

江振南教授一直坐在手術室門口的椅子上閉目養神，這次手術對於他意義重大，他所承擔的風險並不亞於李傑。

但他氣定神閑地坐在這裏，似乎與他無關一般，他只是靜靜地等待著。這份寵辱不驚的氣度讓人敬佩。

馬雲天比起江振南卻差了很多。他不停地走來走去，心中在擔心的同時，也在暗罵著袁州這個混蛋。

馬雲天正在如鐘擺一般地來回走動時，第一附屬醫院的院長竟然也過來了，同行的還有王永等幾位與李傑要好的醫生。

王永此刻很矛盾，李傑很有奪取他第一主刀醫生的趨勢，但很明顯，李傑在退讓，支援地震災區就是一個說明。

而此刻，他再次陷入忐忑不安之中，他已經顧不得兩個人之間誰才是第一主刀的爭奪了，他此刻只有擔心。特別是知道手術提前的消息之後，他更加擔心。手術新方法的論文他也看過，這個手術的難度他也一清二楚。

他希望李傑能夠成功，如果這樣，也許第一附屬醫院的院長會更加傾向李傑，即使這樣，此刻的王永依然希望李傑成功。

可是現在，他看見江振南教授氣定神閑的樣子，他的心又放了下來。這位手術的真正主腦看起來如此有把握，他王永又有什麼可擔心的呢？

當手術室的紅燈熄滅時，眾人都不約而同地站了起來。孩子的父母手拉著手，相互安慰著並且祈禱著兒子的平安！

而李傑的眾位朋友們則是站起來，期待著手術成功的消息。當他們看到李傑微笑著走出來的時候，就知道了手術的結果，甚至忍不住歡呼起來。

患者的父母高興地流出了眼淚，甚至顧不得去看孩子，而是拉著李傑千恩萬謝著。此刻，他們覺得自己真是很幸運，遇到了這麼一個好醫生。

趙致則指揮著助手，趕緊對李傑進行拍照採訪，他必須趕明天上午的稿子，除了工作的原因以外，最重要的一點還有，他想幫李傑對付袁州那個傢伙！

他剛才已經採訪了患者的父母，對於袁州欺騙的事情已經做了詳細的記錄。他相信憑藉這個記錄，再加上李傑手術的成功，袁州這次死定了。

李傑現在總算能長長地出一口氣了，手術總算是成功了。手術的過程還算不錯，雖然困難，但是沒有什麼驚險發生。

肩膀上的重擔也終於能放下了。

趙致雖是熟人，但李傑依然對採訪感到很不適應，對著攝影機說話，總是覺得怪怪的。

面對著攝影機，李傑更多的是攻擊袁州，這麼做或許並不是一個醫生應該做的，但是想起那個可惡的嘴臉，李傑無論如何也不能放過他。

「手術很成功，也正如我所說的百分百！另外我還會保證患者術後癒合會很好！只要沒有什麼人爲的意外！依然是百分百！」李傑相信這次再也不會有人來質疑自己所說的。

趙致還想多採訪一會兒，多問一些，但是李傑卻被安德魯給拉到了一邊。

「走了走了！咱們去和李傑乾一杯！」

安德魯的號召得到了大家的回應。這些人雖然都認識李傑，但不是每個人都熟悉。

中國人喜歡在飯桌上交朋友，一頓飯下來，不熟悉的兩個人也能變成好兄弟。

李傑走在最後面，他與江振南教授走在一起。他看得出，這位老人表面雖然平靜，其實還是很擔心的。

這幾乎是他最後一次搞研究了，如果真的讓袁州給攪了，那可真是晚節不保了。

「李傑啊，這只是剛剛開始，按照計畫還需要很多臨床實驗手術！」江振南說道。

「嗯，我知道，您就放心吧！」李傑雖然這麼說著，內心中卻很想告訴他，這個手術是無法推廣的，因爲實在太困難了。

剛才在手術室裏，李傑差一點就搞砸了這個手術。因爲對這個手術難度的估計不夠，在做切除流出道的阻塞肌束時出現了意外。

他差點切除過度而致室間隔穿孔損害血液供應，而且在做缺口修補的時候，李傑費了九牛二虎之力，用極其困難的大十字縫合手法，修補擴大流出道，這才徹底地解決了右室流出

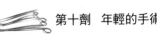

道的問題。

如果換了一個普通的醫生，恐怕這個手術已經失敗了！就算技術跟李傑一樣，恐怕也不能避免。

李傑在手術中犯錯幾乎是家常便飯，所以對應急事件的處理要高出一般人不知道多少。

「你們去玩吧，我直接回去了！」江振南很滿意李傑的答覆，拍著李傑的肩膀說道。

「江教授一起去吧！」李傑勸慰道。

于若然也是中華醫科研修院的學生，與江振南教授關係也是很好，也跟著勸道：「一起去吧！您不去我也不去了，我送您回去！」

江振南一直把于若然當孫女一樣看待，他摸著于若然的頭說道：「我老了，你們年輕人去玩吧，不用送！時間真快啊！你也能做第一助手了，李傑成爲了主刀了！有你們在，我可以安享晚年了。你們兩個要多在一起，日後的時間還長著呢！」

江振南最後一句話模糊不清，不知道的人很容易誤會，于若然的臉立刻紅到了脖子根。

李傑雖然皮膚黑臉皮厚，但也受不了這麼多人奇怪的眼光，他只能乾咳一下來掩飾。

李傑覺得江振南教授剛才似乎是有意那麼說的。

江振南怪笑一聲，拒絕任何人送他，然後便坐計程車離開了。

除了江振南教授外，李傑再沒有放走任何人，所有的人都被他拉去慶祝手術的成功。

如果就醫術來說，眼前的這些人恐怕分不出高低。術業有專攻，因爲每個人研究的方向都不同，所以也就沒有辦法比較，但是如果說起美食方面，恐怕沒有人比得了安德魯。

他這麼一身橫肉不是白來的，按照他的話來說，這身肉可是凝聚了全世界各種精品食物的精華。

這也就是一個簡單的聚餐，李傑可不敢讓安德魯推薦，這傢伙都是專門挑最好的地方去。李傑現在也是窮人，他的資產多數都捐給地震災區了。

大家都沒有喝多少酒，吃的東西也不是最好的，但卻都很高興！聚餐不過是一種釋放壓力的形式，這幾天事情一件接著一件，壓得人喘不過氣來。

醫生本來就是一個壓力巨大的職業，整天要面對繁重的工作，而且沒有假期，像這樣能出去的晚上是比較少的。當然，這裏主要說的是這些年輕的醫生，如果混到了科室主任的級別，則另當別論。

李傑沒有喝很多酒，眼前的事還沒有完。手術是成功了，但只能解除袁州這個「黑嘴」對他的誹謗，還不能將這個「黑嘴」打扁，打死！

李傑從來也沒有如此地痛恨過一個人，並早已下決心不能放過他。

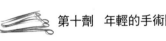

袁州當然也沒有想放過李傑，當「黑嘴」不容易，當一個知名的「黑嘴」更不容易。自從幹了這一行，他憑藉著鐵嘴毒舌，不知道「黑」了多少人。

可是，他每次都能化險爲夷，今天這樣挨打卻是第一次。袁州捂著瘀青的臉，心中不斷用惡毒的語言咒罵著李傑等人。

眼前就是醫院，可是他卻不敢去找醫生。第一附屬醫院是李傑的地盤，誰知道會不會坑他，可是，如果這塊瘀青不散去，他可就成了現代青面獸了，不對，應該是青面的禽獸。

他只能隨便找個藥鋪，買點活血化瘀的藥吃了，然後打電話給那些媒體記者們。他現在跟李傑到了必須有一個毀滅的局面。

「喂！我是袁州，我有最重要的消息發佈！」

「我們正找你呢！聽說那個手術成功了，你還有什麼要說的麼？」電話的另一頭說道。

袁州一聽，呆立當場，雖然他早已經做好了李傑手術成功的應對準備，但李傑的醫術能力也實在太讓他吃驚了。

不過四個小時而已，他袁州雖然是「黑嘴」，但也不是一個無知的人。這個手術能如此快速完成並且成功，那只能說明一個問題，就是李傑是一個醫術高超的醫生。

自己是不是「黑」錯人了呢？袁州不禁鬱悶地想到。他曾經調查過李傑，他並沒有傳說中那麼深的勢力。

在他眼裏，李傑其實就是一個空殼，一隻活靈活現的紙老虎，但是打倒他卻可以得到真正的打虎英雄一般的稱號！可是這回看來，這個紙老虎似乎也是碰不得。他跟真的老虎一樣很危險！

有一種人表面活得很風光，其實他是痛苦的，並且無時無刻不處於危險中。袁州就是這樣的人，其實，可以將袁州形容為街上的一坨屎，他周圍聚集了一群蒼蠅，那景象似乎很熱鬧。大家對此無可奈何，只能繞著走。這卻讓袁州這種人覺得很神氣，覺得誰都怕他。但是，這種人卻不甘寂寞，會很痛苦，於是總是偷偷地跑到別人腳下去嗅嗅，發現倒楣的人，就起而攻之，這樣就證明了他存在的意義！

但總有一天，他會遇到清潔工，把他扔到糞堆裏一起掩埋。到時候，圍著他的蒼蠅以及他的臭味就再也噁心不到人了。

當然，上述這些，只是趙致自己的一種想法。

手術後的第二天，趙致所在的媒體全面地報導了手術過程，袁州的「黑嘴」理論立刻被攻破。趙致甚至還報導了這個患者父母的遭遇，將袁州的醜惡嘴臉公佈了出來。

趙致以爲這樣就可以將袁州擊敗，可他馬上發現，他太天真了。袁州也沒有閑著，他竟然出人意料地打起了悲情牌。

他將自己的照片放到報紙上，矢口否認報紙上的故事，痛斥患者的父母污蔑好人，然後又污蔑第一附屬醫院的人雇流氓行兇。

這樣也引起了很多人的同情，甚至同情他的人比指責的他的人更多。人們總是喜歡同情弱者。於是，更多的人相信是流氓襲擊了他，而不是患者的父親。

李傑很想找員警把他抓起來。這個傢伙進行人身攻擊，歪曲事實，造謠生事。但是這是新時代、新社會，每個人都有言論自由，李傑抓不到他的把柄。那麼，袁州這就算是正常的個人言論，受到法律的保護，沒有人可以抓他。

在中華醫科研修院學術報告廳，今日「生命之星」與中華醫科研修院交流日的演講者是一位來自加拿大的醫生。

他的研究是目前的熱點問題——基因。他的演講很精彩，今天的人比李傑演講那次還要多，演講也更成功。

李傑雖然也在聽著這個關於基因的報告，但是心裏卻在想著其他的事情。一個小小的袁州，一個跳樑小丑，這人將他攪得心緒不寧。

因爲報告廳的人多，再加上夏天的緣故，雖然開著空調，但依然感覺到燥熱，李傑甚至想直接回去，不聽這個報告了。

畢竟他是這次活動的牽頭人，於情於理，他都應該留在這裏。於是，李傑將T恤的袖子向上拉了拉，只好硬著頭皮待著。

然而，奇怪的是，這悶熱的天卻有人不怕。不遠處，有一個西裝革履的人正健步如飛地走著，他似乎根本不在乎這個夏天的悶熱。

李傑正在嘲笑他，卻突然發現，這個人不就是原鑫龍總裁，也就是現在立方藥業的總裁楊威麼？

「楊總這麼空閒？竟然百忙之中來捧場！」李傑看他走近，就站起來對他笑道。

楊威匆忙趕來，累得上氣不接下氣，額頭上已經可見細微的汗珠，但他顧不上擦汗，略微平靜了一下呼吸，就對李傑說道：「快停止採購魯俊的藥品！」

「這是開玩笑吧？爲什麼要停止啊？好像這是你的主意吧！」李傑驚訝道。

楊威的樣子很著急，似乎不是開玩笑。

「我們都上當了，如果繼續採購下去，鑫龍集團整個都會垮掉的！」楊威著急道。

在李傑印象裏，楊威從來都是一副怡然自得的樣子，從來都不慌不忙，似乎一切盡在掌握之中。今天他的失態足以證明事情的嚴重性，雖然李傑還不清楚到底是怎麼回事。

「合同已經簽了，不可能更改了！你也知道。合同不是你寫的麼！你先別著急，把事情慢慢地說一下！鑫龍垮掉不正是你的意願麼！」

「合同？完了，一切都完了！結束了！」楊威呆呆地站立著。

意氣風發的楊威彷彿蒼老了十幾歲一般，他再也不是那個瞬間就可以搞定千萬合同的楊威董事長了。

對於他來說，一切都結束了，從那個私生子開始，從認識那個女人開始，從認識魯奇開始，他楊威帶著一手創辦的鑫龍，帶著自己的一切走向深淵，就一去不復返了！

李傑對商人沒有什麼特別的印象。一般來說，商人就是活躍市場經濟、互通有無的人！他們多數冷血無情，爲了錢可以出賣靈魂，出賣一切，當然也有好商人，可畢竟是少數。

但是李傑卻覺得，他見到的商人，包括楊威也算上，沒有一個是純粹的好商人。楊威雖然第一時間爲災區捐贈物資，但他爲的是商業利益，這讓李傑對他的好感減少了一半。

話雖如此，但是看著楊威那頹廢的樣子，李傑依然於心不忍。他站起來拍著楊威的肩膀說道：「楊總，這到底是怎麼回事？」

「全沒有了！我現在什麼都沒有了，魯俊這個惡魔奪走了我的一切！」楊威頹然道。

李傑發現他的情緒很不好，不能不管他。這裏太嘈雜，不是說話的地方，於是他拉著他說道：「走，我們找個安靜的地方！」

楊威的靈魂彷彿迷失了一般，他任由李傑拉著走出了學術報告廳。

本來是想拉他出去一邊喝茶一邊聊聊，但是看他這個樣子，心不在焉的，也走不了多遠，李傑也就拉著他在學校的小亭子裏找了個地方坐坐。

他們在這裏能找到座位，也多虧了今天有學術報告。因爲學生們都去聽報告去了，不然的話，在往常的日子，這樣涼快的小亭子，可能坐著愛學習的好學生，也可能被談情說愛的小情侶佔據了。

李傑小心地扶著楊威坐下，他依然表情呆滯，看來的確受到了極大的刺激。李傑坐到他的身邊，對他說道：「楊總你說說，到底怎麼了？看看我能幫你不？被魯俊算計了？」

楊威聽到魯俊的名字，這才有點反應過來。他緊握雙拳，兩眼發紅，恨恨地說道：「魯俊這個王八蛋！」

看樣子，他果然是被魯俊算計了，李傑心想，楊威這麼聰明的人竟然被魯俊給算計了，看來那個濃眉大眼貌似忠良的胖子才是深謀遠慮，深藏不露！

「李傑，我上當了！魯俊早已經偷偷轉移了他在鑫龍的財產，我一手創建的鑫龍，竟然敗在了我自己的手裏！」

楊威說著，聲音哽咽起來。男兒有淚不輕彈，只緣未到傷心處！一個企業對於成功的企業家來說，這就是他的第二生命，他看得比什麼都重要。

楊威非但沒有能奪回鑫龍，反而親手毀了自己一手創建的企業。

「楊總，一切都過去了，我們需要從長計議，或許能夠挽回！」李傑勸慰道，其實他說這些自己都不相信。魯俊能夠將楊威這樣的智者耍得團團轉，又怎麼會給你機會？如果有機會恐怕也是一個陷阱。

「我們又能有什麼辦法挽回呢？都怪我太貪心了……」

原來，楊威認識魯俊的時候就知道他是黑社會的人，但是商人只要有利益，就無所謂與誰合作。

在最開始的階段，楊威得到了很多的好處，漸漸地他對魯俊放下戒心，兩個人成了無話不談的好朋友。

兩個人有很多共同的愛好，最大的愛好就是女人。

楊威是有老婆的人，他能走到這一步，很大程度是因爲妻子家的實力雄厚，他的岳父是高官。不過，他的妻子可沒有她父親的政治智慧，卻有著強悍的霸道作風。

他妻子整個人就是一個「母老虎」，試問哪個男人不喜歡溫柔點的女人？楊威在家受夠了這樣的氣，於是開始跟魯俊一起胡搞起來。

他萬萬沒有想到，他包養的女人竟然會有了孩子。那風情萬種的女人將楊威迷得神魂顛倒，到了最後，楊威竟然做出了後悔一輩子的決定。

他決定讓孩子生出來。然後，在未來，楊威打算跟妻子離婚，娶這個二奶。

之後的事情就是李傑所知道的了，孩子竟然是先天性心臟病，也正是這個時候，楊威的親生兒子竟然意外死亡了。

當時或許覺得是意外，但是現在一想，這也應該是魯俊的手筆。

「十萬分之三的可能性！血型，其實這是個突破口！這個血型的人都有記錄的。或許可以從這裏順藤摸瓜，會有挽回的可能性！」李傑說道。

楊威擺了擺手，繼續說道：「不用查了，說什麼都晚了，魯俊是一個天才，我從來都沒有遇到過如此強勁的對手，可惜我現在已經沒有資本再與他抗衡一次了！」

「你還沒有失敗，你還有立方藥業呢！」李傑說道。

「你根本不知道啊！魯俊算無遺策，又怎麼會給我機會，這個孩子不是我的，當時給我打擊很大……」

楊威繼續說著他的故事，他因爲二奶的原因跟家裏鬧翻了，到了那個時候，他才發現鑫龍竟然不是他的鑫龍。

所有的人都被他妻子控制了，他原本以爲自己能控制的鑫龍，竟然完全是別人的，最後，他帶著資金收購了一個藥廠。

那個藥廠也就是現在的立方藥業，然後有了他抗震救災先鋒的一幕，又有了聯合李傑算計魯俊的那一切。

接下來的事情，楊威不說李傑也知道，肯定是楊威的前妻讓魯俊騙了，實際控制鑫龍的是魯俊，而不是楊威的前妻。

這個魯俊在鑫龍沒有投入多少資金，或者是簽訂合同之前就將資金給撤走了！

魯俊已經計算到了楊威和李傑的計謀，這個貌似忠良的胖子果然不簡單，李傑心中暗自感歎。

李傑還不知道，楊威爲了讓胖子上鉤，還派遣女人去勾引魯俊，如果不是那個女人成功地執行了任務，讓楊威安心，他也不會這麼容易上當。

「楊總，您千萬別灰心，這個魯俊就是在打擊你的信心，想讓你……」

楊威根本聽不進李傑的話，只是低著頭悔恨著。

魯俊的確厲害，借用楊威自己的雙手來將鑫龍弄垮，那麼多資金，以半價來購買藥品。他鑫龍的錢不僅不夠，還要負債累累，楊威此刻就算有天大的能耐，也無法挽回敗局了！

鑫龍集團的錢只有一小部分是魯俊的，多數還是楊威打拚了半輩子賺來的！這是留在他前妻手裏的錢。

魯俊這招夠厲害，讓楊威自己毀了自己的企業，讓他痛苦一輩子，讓他信心全無，讓他永遠無法翻身。

李傑此刻只能安慰著楊威，他沒有想到事情會變成這個樣子。他李傑是毫髮無損，依然得到了大量物資，可是楊威卻失去了一切，這批物資卻不是李傑原來想像的「黑錢」所購。

現在無論如何也不能挽回了，合同上白紙黑字寫的金額和約定，採購不能停止，鑫龍也不能停止出貨。鑫龍或許不會因爲這個而倒閉，但巨額的虧損將大傷元氣，不死也得掉層皮。到時，魯俊或許可以繼續打壓鑫龍，也可以收購鑫龍，所有的一切就都在他掌握中了！

楊威在李傑的安慰下，又休息了一會兒，精神恢復了很多。他也知道事已至此，恐怕做什麼都沒有用了，只能認栽。

他今日本來還妄想找李傑終止合同，這樣，鑫龍可能會保住，他跟前妻也還有和好的可能！他回到鑫龍並不是夢想。可是，他現在什麼都沒有了！

飯要一口一口地吃，事要一件一件地辦！李傑只好勸他慢慢想辦法。

李傑送走了楊威之後，學術報告也正好剛剛做完，報告廳中，人潮水一般地湧出，李傑在人群中，費了好大的力氣才找到趙致。

這個趙致雖然不是《教育報》的，但是卻一直在報導這件學術交流的事情，而他們的主編竟然也一直給他面子，他採訪什麼，主編就安排報導什麼！

趙致也不是光想採訪這件事，他今天的另一個目的是來看看那個「黑嘴」袁州的動靜。

李傑找他沒別的事，剛才他從楊威那裏得到了靈感，想收拾袁州這樣的傢伙，只能以黑制黑。

「趙致，我想到了怎麼對付袁州！」李傑邊走邊說道。

趙致一聽，來了精神，他也是恨極了袁州這個傢伙，著急地問道：「怎麼辦？我肯定全力以赴地幫忙！」

「這件事當然要靠你，他對付我們，用這下三濫的手段，對付別人恐怕也不可能清白，你找幾個記者去把以前的受害者找出來！另外去查查他發表的文章，他的學歷什麼的，肯定會有問題！」李傑小聲說道。

調查隱私這種事情，記者最厲害。有時候，他們甚至比員警還高出一籌，這也是李傑爲什麼找趙致的原因。

「這麼簡單，我怎麼沒想到！」趙致拍手道。

「快去快去，另外，弄到消息後不要聲張，這幾天也不要攻擊他了，我們來個溫水煮青蛙！」李傑奸笑道。

「溫水煮青蛙？」趙致疑惑地問道。

「煮青蛙用沸水，牠會一下跳出去！如果用溫水，牠還會怡然自得地在水中游動著，水溫逐漸升高，但青蛙還不會感覺危險來臨，於是水溫越來越高，可是當青蛙感覺忍受不住高溫，欲跳出熱水時，牠已經沒有力氣了。」

請續看《醫拯天下》第二輯之五　反敗為勝

醫拯天下II 之四 偷樑換柱

作者：趙奪
發行人：陳曉林
出版所：風雲時代出版股份有限公司
地址：105台北市民生東路五段178號7樓之3
風雲書網：http://www.eastbooks.com.tw
官方部落格：http://eastbooks.pixnet.net/blog
Facebook：http://www.facebook.com/h7560949
信箱：h7560949@ms15.hinet.net
郵撥帳號：12043291
服務專線：(02)27560949
傳真專線：(02)27653799
執行主編：劉宇青
美術編輯：吳宗潔

法律顧問：永然法律事務所 李永然律師
北辰著作權事務所 蕭雄淋律師

版權授權：蔡雷平
初版日期：2015年4月
初版二刷：2015年4月20日
ISBN：978-986-352-136-5

總經銷：成信文化事業股份有限公司
地　址：新北市新店區中正路四維巷二弄2號4樓
電　話：(02)2219-2080

行政院新聞局局版台業字第3595號 營利事業統一編號22759935

國家圖書館出版品預行編目資料

醫拯天下.第二輯/ 趙奪著. -- 初版. -- 台北市：風雲時代，
2015.01- ;　公分

ISBN 978-986-352-136-5 (第4冊：平裝). --

857.7　　　　103026479